NOTRE-DAME DE PARIS

Couverture : illustration Olivier Nadel

Premiére édition : © Éditions Nathan (Paris-France), 1980
© Éditions Nathan (Paris-France), 1999 pour la présente edition

VICTOR HUGO

NOTRE-DAME DE PARIS

Adaptation de Jean Portail

I

UN « MYSTÈRE »

L e 6 janvier 1482, toutes les cloches de la
Cité, de l'Université et de la ville avaient,
à grande volée, éveillé les Parisiens, les conviant
à la double solennité du jour des Rois et de la
fête des Fous.

Il devait y avoir feu de joie à la place de Grève,
plantation de mai à la chapelle de Braque et
mystère au palais de Justice.

Bourgeois et bourgeoises s'acheminaient donc
de toutes parts dès le matin, maisons et bou-
tiques fermées, vers l'un des trois endroits dési-
gnés la veille à son de trompe.

Le plus grand nombre se dirigeait vers la
grande salle du palais de Justice où le mystère
allait être représenté. Ce choix avait peut-être
comme raison première le goût du Parisien pour
le théâtre. Mais le fait de se trouver sous ce ciel
de janvier en une enceinte couverte et bien close
ajoutait à l'attrait du spectacle. Enfin, l'on savait
que, arrivés de la surveille pour conclure le

mariage du Dauphin et de Marguerite de Flandre, les ambassadeurs flamands se proposaient d'assister à la représentation du mystère et à l'élection du pape des fous, laquelle se ferait également dans la grande salle. Les dignitaires étrangers seraient accompagnés d'autres gros personnages, tels que Son Éminence le cardinal de Bourbon et le bailli du Palais...

Une estrade de brocart d'or, adossée au mur, avait été élevée à leur intention, au milieu de la salle, en face de l'immense table de marbre qui, selon l'usage, servirait de scène aux acteurs du mystère.

On devait commencer à midi. C'était un peu tard, mais on avait pris l'heure des envoyés flamands... Las ! Midi sonna sans que les ambassadeurs parussent. La foule qui attendait depuis le matin commença à murmurer, puis à gronder... Bientôt elle vociféra d'impatience.

— Le mystère ! Le mystère ! hurlait-on dans un brouhaha qu'excitaient à plaisir les écoliers répandus dans la masse, toute une jeunesse avide de cris, de querelles et de plaisanteries... Une espèce de petit diable blond, à jolie figure, accroché aux acanthes d'un chapiteau, vociférant à pleins poumons, fut reconnu d'en bas par l'un de ses pairs et tous deux se criblèrent de quolibets lancés comme des balles par-dessus le tintamarre général.

Et cela nous permettra d'apprendre que le jeune et malin garçon suspendu à la corniche avait nom Jehan Frollo. Il était le frère de l'austère et grave archidiacre de Notre-Dame : dom Claude Frollo.

— Le mystère ! continuait-on à exiger de toutes parts.

L'un des comédiens — un certain Michel Giborne —, à qui avait été distribué le rôle de Jupiter, essaya de haranguer la foule :

— Dès que l'Éminentissime Cardinal sera arrivé, nous commencerons... sa voix se perdit dans les huées.

— Commencez tout de suite ! Le mystère ! le mystère tout de suite ! criait le peuple.

Le pauvre Jupiter, hagard, effaré, pâle sous son rouge, laissa tomber son foudre, prit à la main son bicoquet, puis, saluant et tremblant, il balbutia :

— Son Éminence... les ambassadeurs... Mme Marguerite de Flandre...

Il avait peur d'être pendu ! Pendu par la populace pour attendre, pendu par le cardinal pour n'avoir pas attendu, le pauvre Jupiter ne voyait des deux côtés qu'un abîme, c'est-à-dire une potence.

Heureusement, quelqu'un vint le tirer d'embarras et assumer la responsabilité. Ce quelqu'un était l'auteur même de la pièce réclamée avec tant de véhémence !

— Commencez tout de suite ! Satisfaites le populaire.

Ce fut un battement de mains assourdissant, et le personnage inconnu dont l'intervention avait opéré ce revirement de la foule avait regagné la pénombre de son pilier... Deux jeunes femmes l'y rejoignirent. Elles étaient curieuses, s'intéressaient aux acteurs et voulaient des détails sur la pièce.

— Vous nous promettez que ce mystère sera beau ?

— Sans doute, Mesdemoiselles, répondit-il, c'est moi qui en suis l'auteur... Je m'appelle Pierre Gringoire.

L'auteur du *Cid* n'eût pas dit avec plus de fierté : Pierre Corneille.

Une musique de hauts et bas instruments se fit entendre de l'intérieur de l'échafaudage, la tapisserie se souleva : quatre personnages bariolés et fardés en sortirent... Le mystère commençait, déversant sur la foule des flots de métaphores, de maximes, de sentences par la bouche des quatre personnages allégoriques : l'un portant une bêche et habillé de toiles se nommait Labour, l'autre, habillé de brocart, se nommait Noblesse. Clergé avait robe de soie... Marchandise, robe de laine.

Tout à coup, au beau milieu d'une querelle entre Mlle Marchandise et Mme Noblesse, au moment où Maître Labour prononçait ce vers mirifique :

Onc ne vis dans les bois bête plus triomphante,

la porte de l'estrade réservée s'ouvrit et la voix retentissante de l'huissier annonça brusquement :

— Son Éminence Monseigneur le Cardinal de Bourbon.

II

LES VICISSITUDES D'UN POÈTE

INFORTUNÉ poète !
Ce qu'il pouvait craindre ne se réalisa que trop. L'entrée de son Éminence bouleversa l'auditoire. Toutes les têtes se tournèrent vers l'estrade. Ce fut à ne plus s'entendre.

— Le cardinal ! Le cardinal ! répétèrent toutes les bouches.

Le malheureux prologue resta court une seconde fois.

Le cardinal salua l'assistance avec ce sourire héréditaire des grands pour le peuple et se dirigea à pas lents vers son fauteuil de velours écarlate, en ayant l'air de songer à tout autre chose... son cortège fit irruption à sa suite dans l'estrade, non sans redoublement de tumulte et de curiosité au parterre. C'était à qui se les montrerait, se les nommerait, à qui en connaîtrait au moins un...

Le cardinal se fût peu ému de cette rumeur tant les libertés de ce jour-là étaient dans les mœurs.

Mais il avait un autre souci qui le suivait de près et qui entra presque en même temps que lui dans l'estrade. C'était l'ambassade de Flandre.

Il était en effet un peu dur d'être obligé de faire fête et bon accueil, lui, Charles de Bourbon, à je ne sais quel bourgeois, lui, cardinal, à des échevins, lui, Français et gourmet, à des Flamands buveurs de bière... C'était là, certes, une des plus fastidieuses grimaces qu'il eût jamais faites pour le bon plaisir du roi.

Il se tourna donc vers la porte, de la meilleure grâce du monde, quand l'huissier annonça d'une voix sonore :

— Messieurs les Envoyés de Monsieur le duc d'Autriche.

Alors arrivèrent, deux par deux, les quarante-huit ambassadeurs de Maximilien d'Autriche : baillis, échevins, bourgmestres ; bourgmestres, échevins, baillis ; tous roidis, gourmés, empesés, endimanchés de velours et de damas, encapuchonnés de cramignoles de velours noir à grosses houppes de fil d'or de Chypre ; bonnes têtes flamandes, après tout. Il en était une qui se distinguait pourtant de l'ensemble. C'était un visage fin, intelligent, rusé, une espèce de museau de singe et de diplomate, au-devant duquel le cardinal fit trois pas et une profonde révérence, et qui ne s'appelait pourtant que Guillaume Rym, *conseiller et pensionnaire de la ville de Gand*.

Peu de personnes savaient alors ce que c'était

que Guillaume Rym. Rare génie qui machinait familièrement avec Louis XI et mettait souvent la main aux secrètes besognes du Roi.

Pendant que l'ambassadeur de Gand et l'Éminence échangeaient une révérence fort basse, un homme à haute stature, à large face, se présentait pour entrer de front avec Guillaume Rym : on eût dit un dogue auprès d'un renard. Son bicoquet de feutre et sa veste de cuir faisaient tache au milieu du velours et de la soie qui l'entouraient. Présumant que c'était quelque palefrenier fourvoyé, l'huissier l'arrêta :

— Hé ! l'ami ! On ne passe pas !

— Que me veut ce drôle ? s'écria-t-il. Tu ne vois pas que j'en suis ?

— Votre nom ? demanda l'huissier.

— Jacques Coppenole.

— Vos qualités ?

— Chaussetier, à l'enseigne des *Trois Chaînettes* à Gand.

L'huissier recula. Annoncer des échevins et des bourgmestres, passe ! Mais un chaussetier !

Coppenole salua fièrement son Éminence et ils gagnèrent chacun leur place, le cardinal tout décontenancé et soucieux. Coppenole tranquille et hautain...

Mais là-bas, tout au bout, qu'est-ce donc que cette espèce de tréteau où s'agitent des pantins bariolés ? Qu'est-ce donc, à côté du tréteau, que cet homme à souquenille noire et à pâle figure ? Hélas ! mon cher lecteur, c'est Pierre Gringoire et son prologue.

Nous l'avions tous complètement oublié.

Voilà précisément ce qu'il craignait.

Pourtant, le calme un peu rétabli, il imagina un stratagème. Se confondant avec la foule, il se mit à crier :

— Recommencez le mystère ! Recommencez !

Les personnages en scène reprirent donc leur glose et Gringoire espéra que, du moins, le reste de son œuvre serait écouté. Vaine espérance ! Après les envoyés flamands, étaient survenus de nouveaux personnages faisant partie du cortège et qu'annonçait la voix glapissante de l'huissier...

Quand tout le monde fut arrivé, Gringoire respira. Les acteurs continuaient bravement. Mais ne voilà-t-il pas que Maître Coppenole le chaussetier se leva tout à coup et, au milieu de l'attention universelle, prononça cette abominable harangue :

— Messieurs les Bourgeois et Hobereaux de Paris, je ne sais pas ce que nous faisons ici. On m'avait promis une fête des fous avec élection du pape. Nous avons aussi notre pape des fous à Gand. Voici de quelle manière nous procédons ! On se rassemble en cohue comme ici. Puis chacun à son tour va passer sa tête par un trou et fait une grimace aux autres. Celui qui fait la plus laide, à l'acclamation de tous, est élu pape. Je propose que nous fassions votre pape à la mode de mon pays ! Qu'en dites-vous, Messieurs les Bourgeois ?

La motion du chaussetier populaire fut accueillie avec un débordant enthousiasme. Toute résistance était inutile et d'ailleurs la stupéfaction, la colère, l'indignation ôtèrent la parole à Gringoire. Il cacha son visage de ses deux mains.

III

QUASIMODO

En un clin d'œil tout fut prêt pour exécuter l'idée de Coppenole. La petite chapelle située en face de la table de marbre fut choisie pour le théâtre des grimaces. Une vitre brisée, à la jolie rosace au-dessus de la porte, laissa libre un cercle de pierre par lequel il fut convenu que les concurrents passeraient la tête. Coppenole, de sa place, ordonnait tout, dirigeait tout, arrangeait tout. Pendant le brouhaha, le Cardinal s'était, sous un prétexte d'affaires et de vêpres, retiré avec toute sa suite, sans que cette foule, que son arrivée avait remuée si vivement, se fût le moindrement émue de son départ.

Le champ était désormais libre à toute folie. Il n'y avait plus que des Flamands et de la canaille.

Les grimaces commencèrent. Tour à tour, apparurent à la lucarne des figures atrocement contorsionnées représentant toutes les plus basses expressions humaines, affectant toutes les formes géométriques, accusant de hideuses ressemblances animales.

Et la foule hurlait de plus en plus fort, excitée par ce carnaval de cauchemar.

Tout à coup, un tonnerre d'applaudissements, mêlé à une prodigieuse acclamation, secoua l'assemblée. Le pape des fous était élu !

— Noël ! Noël ! Noël ! criait le peuple de toutes parts.

C'était une merveilleuse grimace, en effet, que celle qui rayonnait en ce moment au trou de la rosace. Une grimace sublime. Une grimace qui éblouit l'assemblée et enleva le suffrage.

Nous n'essaierons pas de donner au lecteur une idée de ce nez tétraèdre, de cette bouche en fer à cheval, de ce petit œil gauche obstrué d'un sourcil roux embroussaillé, tandis que l'œil droit disparaissait entièrement sous une énorme verrue, de ces dents désordonnées, ébréchées çà et là, comme les créneaux d'une forteresse, de cette lèvre calleuse, sur laquelle une de ces dents empiétait comme la défense d'un éléphant, de ce menton fourchu, et surtout de la physionomie répandue sur tout cela, de ce mélange de malice, d'étonnement et de tristesse. Qu'on rêve, si l'on peut, cet ensemble.

Mais quand on eut fait sortir de la chapelle le nouveau pape, l'admiration fut à son comble. Ce que l'on prenait pour une grimace était son visage naturel. Toute sa personne, à vrai dire, était une grimace. Une bosse énorme pesait sur son dos et le courbait en avant ; ses jambes et ses cuisses ne se touchaient que par les genoux, semblables à deux croissants de faucille rejoints par la poignée ; et toute cette difformité s'alliait à une allure redoutable de vigueur, d'agilité et de courage.

Quand cette espèce de cyclope parut sur le seuil de la chapelle, immobile, trapu, presque aussi haut que large, la populace le reconnut sur-le-champ et s'écria d'une voix :

— C'est Quasimodo ! Le sonneur de cloches. C'est Quasimodo, le bossu de Notre-Dame ! Quasimodo le borgne ! Quasimodo le bancal !

Lui se tenait debout, sombre et grave, se laissant admirer. Mais comme un écolier ironique s'était approché de trop près, il le saisit par la ceinture et, sans effort apparent, le jeta à dix pas à travers la foule, sans dire un mot.

Alors il se fit autour de l'étrange personnage un cercle de terreur et de respect, qui avait au moins quinze pas géométriques de rayon. L'on expliqua à Maître Coppenole que Quasimodo était sourd.

— Sourd ? s'écria le Gantois. Il est complet ! Mais que fait-il de sa langue, ce Polyphème ?

— Il parle quand il veut. Il est devenu sourd à sonner les cloches. Il n'est pas muet.

Cependant, coiffé d'une tiare de carton, revêtu de la simarre dérisoire du pape des fous, Quasimodo, avec une sorte de docilité orgueilleuse, se laissa hisser sur le brancard bariolé qu'enlevèrent sur leurs épaules douze officiers de la confrérie des fous. Une joie amère et dédaigneuse s'épanouit sur sa face morose, quand il vit, sous ses pieds difformes, toutes ces têtes d'hommes beaux, droits et bien faits. Puis, la procession hurlante et déguenillée se mit en marche pour la tournée intérieure des galeries du Palais, avant la promenade des rues et des carrefours.

— Camarades ! cria tout à coup un des jeunes drôles, la Esméralda ! la Esméralda !

Ce mot produisit un effet magique. Tout ce qui restait dans la salle se précipita aux fenêtres, grimpant aux murailles pour voir, et répétant :

la Esméralda ! la Esméralda ! tandis qu'un grand bruit d'applaudissements montait de la place.

— Qu'est-ce que cela veut dire, *la Esméralda ?* gémit Gringoire.

IV

LA CHÈVRE AUX PIEDS D'OR

Lorsque Pierre Gringoire arriva sur la place de Grève, il était transi. Aussi se hâta-t-il de s'approcher du feu de joie qui brûlait magnifiquement au milieu de la place. Mais une foule considérable faisait cercle à l'entour.

Dans un vaste espace laissé libre entre la foule et le feu, une jeune fille dansait. Si cette jeune fille était un être humain, ou une fée ou un ange, c'est ce que, dans le premier moment, ne put décider Gringoire, fasciné par cette vision.

Elle n'était pas grande, mais elle le semblait, tant sa fine taille s'élançait hardiment. Elle était brune, mais on devinait que, le jour, sa peau devait avoir ce beau reflet doré des Andalouses et des Romaines. Son petit pied aussi était andalou, car il était tout ensemble à l'étroit et à l'aise dans sa gracieuse chaussure. Elle dansait, elle tournait, elle tourbillonnait sur un vieux tapis de Perse, au son d'un tambour de basque qu'élevaient ses bras ronds et purs.

Autour d'elle, tous les regards étaient fixes, toutes les bouches ouvertes.

Elle semblait une surnaturelle créature... une salamandre... une nymphe... une déesse !

Mais une des nattes de sa chevelure se dénoua, une pièce de cuivre jaune qui y était attachée roula à terre.

Gringoire comprit qu'elle n'était qu'une bohémienne !

Toute illusion avait disparu.

Elle se remit à danser ; le feu de joie l'éclairait d'une lumière crue et rouge qui tremblait toute vive sur le cercle des visages de la foule.

Parmi ces mille visages, il y en avait un qui semblait plus encore que tous les autres absorbé dans la contemplation de la danseuse. C'était une figure d'homme, austère, calme et sombre. Cet homme, dont le costume était caché par la foule qui l'entourait, ne paraissait pas avoir plus de trente-cinq ans ; cependant il était chauve ; à peine avait-il aux tempes quelques touffes de cheveux rares et déjà gris ; son front large et haut commençait à se creuser de rides ; mais ses yeux enfoncés brillaient d'un éclat farouche. Il les tenait attachés sur la bohémienne et, tandis que la folle jeune fille de seize ans dansait et voltigeait au plaisir de tous, ses pensées à lui semblaient devenir de plus en plus sévères.

La jeune fille, essoufflée, s'arrêta enfin et le peuple l'applaudit avec amour.

— Djali ! dit la bohémienne.

Alors, Gringoire vit arriver une jolie petite chèvre blanche, alerte, éveillée, lustrée avec des cornes dorées, avec des pieds dorés, avec un collier doré, qu'il n'avait pas encore aperçue.

— Djali, dit la danseuse, à votre tour.

Et, s'asseyant, elle présenta gracieusement à la chèvre son tambour de basque.

— Djali, continua-t-elle, à quel mois sommes-nous ?

La chèvre leva son pied de devant et frappa un coup sur le tambour. On était en effet au premier mois. La foule applaudit.

— Djali, reprit la jeune fille en tournant son tambour de basque d'un autre côté, à quel jour du mois sommes-nous ?

La chèvre leva son petit pied d'or et frappa six coups sur le tambour.

— Djali, poursuivait l'Égyptienne, toujours avec un nouveau manège du tambour, à quelle heure du jour sommes-nous ?

Djali frappa sept coups. Au même moment, l'horloge de la Maison-aux-Piliers sonna sept heures.

Le peuple était émerveillé.

— Il y a de la sorcellerie là-dessous, dit une voix sinistre dans la foule.

C'était celle de l'homme chauve. La bohémienne tressaillit, se détourna ; mais les applaudissements éclatèrent et couvrirent l'exclamation.

— Djali, comment fait Maître Guichard-Grand-Rémy, capitaine des pistoliers de la ville, à la procession de la Chandeleur ?

Djali se dressa sur ses pattes de derrière et se mit à bêler, en marchant avec une si gentille gravité que le cercle entier des spectateurs éclata de rire à cette parodie de la dévotion intéressée du capitaine des pistoliers.

— Djali, reprit la jeune fille, enhardie par ce succès croissant, comment prêche Maître Jacques Charmolue, procureur du roi en cour d'église ?

La chèvre prit séance sur son derrière et se mit à bêler, en agitant ses pattes de devant d'une si étrange façon que, hormis le mauvais français et le mauvais latin, geste, accent, attitude, tout Jacques Charmolue y était.

Et la foule d'applaudir de plus belle.

— Sacrilège ! profanation ! reprit la voix de l'homme chauve.

— Ah ! dit-elle, c'est ce vilain homme ! puis, allongeant sa lèvre inférieure au-delà de la lèvre supérieure, elle fit une petite moue qui paraissait lui être familière, pirouetta sur le talon et se mit à recueillir dans un tambour de basque les dons de la multitude.

Les grands-blancs, les petits-blancs, les targes, les liards-à-l'aigle pleuvaient. Tout à coup, elle passa devant Gringoire. Gringoire mit si vivement la main à sa poche qu'elle s'arrêta.

— Diable ! dit le poète étourdi en trouvant au fond de la poche la réalité, c'est-à-dire le vide.

Cependant la jolie fille était là, le regardant avec ses grands yeux, lui tendant son tambour en attendant. Gringoire suait à grosses gouttes.

Cependant, la clameur des enfants lui rappela

que lui non plus n'avait pas soupé. Son estomac battait la chamade. Il courut donc au buffet. Mais les petits drôles avaient de meilleures jambes que lui; quand il arriva, ils avaient fait table rase.

C'est une chose importune de se coucher sans souper; c'est une chose moins riante encore de ne pas souper et de ne savoir où coucher. Gringoire en était là. Pas de pain, pas de gîte.

Un chant bizarre, quoique plein de douceur, vint brusquement l'arracher à sa rêverie douloureuse. C'était la jeune Égyptienne qui chantait.

Il en était de sa voix comme de sa danse, comme de sa beauté. C'était indéfinissable et charmant; quelque chose de pur, de sonore, d'aérien, d'ailé pour ainsi dire.

Gringoire se sentait venir les larmes aux yeux.

Il l'écoutait avec ravissement et, pour la première fois depuis plusieurs heures, il oubliait sa souffrance.

C'est alors que la procession du pape des fous, qui après avoir parcouru force rues et carrefours, déboucha dans la place de Grève, avec toutes ses torches et toute sa rumeur.

Cette procession, que nos lecteurs ont vue partir du Palais, s'était organisée chemin faisant et recrutée de tout ce qu'il y avait à Paris de marauds, de voleurs oisifs et de vagabonds disponibles; aussi présentait-elle un aspect respectable lorsqu'elle arriva en Grève.

D'abord marchait l'Égypte. Le duc d'Égypte, en tête, à cheval, avec ses comtes à pied, lui tenant la bride et l'étrier. Puis c'était le royaume d'argot, c'est-à-dire tous les voleurs de France échelonnés par ordre de dignité, les moindres passant les premiers. Ainsi défilaient quatre par quatre, la plupart éclopés, ceux-ci boiteux, ceux-là manchots, les coquillarts, les sabouleux, les calots, les francs-mitoux, les polissons, les piètres, les capons, les malingreux, les rifodés, les marcandiers, les narquois, les orphelins, les archisuppôts, les cagoux...

Après le royaume des argotiers, venait l'empire de Galilée, Guillaume Rousseau, empereur de Galilée, marchait majestueusement dans sa robe de pourpre tachée de vin, précédé de baladins.

Au centre de cette foule, les grands officiers de la confrérie des fous portaient sur leurs épaules un brancard plus surchargé de cierges que la châsse de sainte Geneviève en temps de peste. Et sur ce brancard resplendissait, crossé, chapé et mitré, le nouveau pape des fous, le sonneur de cloches de Notre-Dame, Quasimodo le bossu.

Il est difficile de donner une idée du degré d'épanouissement orgueilleux et béat où le triste et hideux visage de Quasimodo était parvenu dans le trajet du Palais à la Grève. C'était la première jouissance d'amour-propre qu'il eût jamais éprouvée. Il n'avait connu jusque-là que l'humiliation, le dédain pour sa condition, le dégoût de sa personne. Aussi, tout sourd qu'il était, savourait-il en véritable pape les acclamations de cette foule qu'il haïssait pour s'en sentir haï. Que son peuple fût un ramas de fous, de perclus, de voleurs, de mendiants, qu'importe ! C'était toujours un peuple et lui un souverain. Et il prenait au sérieux tous ces applaudissements ironiques, tous ces respects dérisoires, auxquels nous devons dire qu'il se mêlait pourtant dans la foule un peu de crainte fort réelle. Car le bossu était robuste ; car le bancal était agile ; car le sourd était méchant : trois qualités qui tempèrent le ridicule.

Ce ne fut donc pas sans surprise et sans effroi que l'on vit tout à coup, au moment où Quasimodo, dans cette demi-ivresse, passait triomphalement devant la Maison-aux-Piliers, un homme s'élancer de la foule et lui arracher des mains, avec un geste de colère, sa crosse de bois doré, insigne de sa folle papauté.

Cet homme, ce téméraire, c'était le personnage au front chauve qui, un moment auparavant, mêlé au groupe de la bohémienne, avait glacé la pauvre fille de ses paroles de menace et de haine. Il était revêtu du costume ecclésiastique. Au moment où il sortit de la foule, Gringoire, qui ne l'avait point remarqué jusqu'alors, le reconnut : « Tiens ! dit-il, avec un cri d'étonnement, c'est mon maître en Hermès, dom Claude Frollo, l'archidiacre. Que diable veut-il à ce vilain borgne ? Il va se faire dévorer. »

Un cri de terreur s'éleva en effet. Le formidable Quasimodo s'était précipité à bas du brancard et les femmes détournaient les yeux pour ne pas le voir déchirer l'archidiacre.

Il fit un bond jusqu'au prêtre, le regarda et tomba à genoux.

Le prêtre lui arracha sa tiare, lui brisa sa crosse, lui lacéra sa chape de clinquant.

Quasimodo resta à genoux, baissa la tête et joignit les mains.

Puis il s'établit entre eux un étrange dialogue de signes et de gestes, car ni l'un ni l'autre ne parlait. Le prêtre, debout, irrité, menaçant, impérieux ; Quasimodo, prosterné, humble, suppliant. Et cependant, il est certain que Quasimodo eût pu écraser le prêtre avec le pouce.

Enfin, l'archidiacre, secouant rudement la puissante épaule de Quasimodo, lui fit signe de se lever et de le suivre.

Quasimodo se leva.

Alors la confrérie des fous, la première stupeur passée, voulut défendre son pape si brusquement détrôné. Les Égyptiens, les argotiers et toute la basoche jappèrent et se précipitèrent.

Quasimodo se plaça devant le prêtre, fit jouer les muscles de ses poings athlétiques et regarda les assaillants avec le grincement de dents d'un tigre fâché.

L'autre reprit sa gravité sombre, fit un signe à Quasimodo, et se retira en silence.

Quasimodo marchait devant lui, éparpillant la foule à son passage.

Quand ils eurent traversé la populace et la place, la nuée des curieux et des oisifs voulut les suivre. Quasimodo prit alors l'arrière-garde et accompagna l'archidiacre à reculons, trapu, har-

gneux, monstrueux, hérissé, ramassant ses membres, léchant ses défenses de sanglier, grondant
comme une bête fauve et imprimant d'immen-
ses oscillations à la foule avec un geste ou un
regard. On les laissa s'enfoncer tous deux dans
une rue étroite et ténébreuse, où nul n'osa se ris-
quer après eux.

« Voilà qui est merveilleux, dit Gringoire, mais
où diable trouverai-je à souper ? »

V

LES INCONVÉNIENTS D'ERRER LE SOIR

NOTRE poète, machinalement, s'était mis à suivre la bohémienne. Il lui avait vu prendre, avec sa chèvre, la rue de la Coutellerie ; il avait pris la rue de la Coutellerie. Il marchait donc tout pensif derrière la jeune fille, qui hâtait le pas et faisait trotter sa jolie chèvre en voyant rentrer les bourgeois et se fermer les tavernes.

« Après tout, pensait-il, il faut bien qu'elle loge quelque part, les bohémiennes ont bon cœur... »

Les rues, cependant, devenaient à tout moment plus noires et plus désertes. Le couvre-feu était sonné depuis longtemps et l'on commençait à ne plus rencontrer qu'à de rares intervalles un passant sur le pavé, une lumière aux fenêtres. Gringoire s'était engagé, derrière l'Égyptienne, dans ce dédale inextricable de ruelles, de carrefours et de culs-de-sac qui environne l'ancien sépulcre des Saints-Innocents.

Depuis quelques instants, il avait attiré l'attention de la jeune fille ; elle avait à plusieurs reprises tourné la tête vers lui avec inquiétude ; elle s'était même une fois arrêtée tout court, avait profité d'un rayon de lumière qui s'échappait d'une boulangerie entrouverte pour le regarder fixement du haut en bas ; puis ce coup d'œil jeté, Gringoire lui avait vu faire une petite moue qu'il avait déjà remarquée, et elle avait passé outre.

Aussi commençait-il à baisser la tête, à compter les pavés et à suivre la jeune fille d'un peu plus loin, lorsqu'au tournant d'une rue qui venait de la lui faire perdre de vue, il entendit pousser un cri perçant. Il hâta le pas.

La rue était pleine de ténèbres. Pourtant une étoupe imbibée d'huile, qui brûlait dans une cage de fer aux pieds de la Sainte Vierge, au coin de la rue, permit à Gringoire de distinguer la bohémienne se débattant dans les bras de deux hommes qui s'efforçaient d'étouffer ses cris. La pauvre petite chèvre, tout effarée, baissait les cornes et bêlait.

— À nous, Messieurs du guet ! cria Gringoire, et il s'avança bravement.

L'un des hommes qui tenaient la jeune fille se tourna vers lui. C'était la formidable figure de Quasimodo.

Gringoire ne prit pas la fuite, mais il ne fit point un pas non plus.

Quasimodo vint à lui, le jeta à quatre pas sur le pavé d'un revers de la main et s'enfonça rapidement, emportant la jeune fille sur un de ses bras comme une écharpe de soie. Son compagnon

le suivait et la pauvre chèvre courait après tous, avec son bêlement plaintif.

— Au meurtre ! au meurtre ! criait la malheureuse bohémienne.

— Halte-là ! misérables, et lâchez cette ribaude ! dit tout à coup, d'une voix de tonnerre, un cavalier qui déboucha brusquement du carrefour voisin.

C'était un capitaine des archers de l'ordonnance du roi, armé de pied en cap et l'espadon à la main...

Il arracha la bohémienne des bras de Quasimodo, la mit en travers de sa selle, et au moment où le redoutable bossu revenu de sa surprise se précipitait sur lui pour reprendre sa proie, quinze ou seize archers, qui suivaient de près leur capitaine, parurent, l'estramaçon au poing.

Quasimodo fut enveloppé, saisi, garrotté. Il rugissait, il écumait, il mordait et, s'il eût fait grand jour, nul doute que son visage seul, rendu hideux par la colère, n'eût mis en fuite toute l'escouade. Mais la nuit, il était désarmé de son arme la plus redoutable, de sa laideur.

Son compagnon avait disparu dans la lutte.

La bohémienne se dressa gracieusement sur la selle de l'officier, elle appuya ses deux mains sur les deux épaules du jeune homme et le regarda fixement quelques secondes, comme ravie de sa bonne mine et du bon secours qu'il venait de lui porter. Puis, rompant le silence la première, elle lui dit, en faisant plus douce encore sa douce voix :

— Comment vous appelez-vous, Monsieur le gendarme ?

— Le capitaine Phœbus de Châteaupers, pour vous servir, ma belle ! répondit l'officier en se redressant.

— Merci, dit-elle.

Et, pendant que le capitaine Phœbus retroussait sa moustache à la bourguignonne, elle se laissa glisser à bas du cheval et s'enfuit.

Gringoire, tout étourdi de sa chute, était resté à terre. Une assez vive impression de froid à la partie de son corps qui se trouvait en contact avec le pavé le réveilla tout à coup et fit revenir son esprit à la surface. « D'où me vient donc cette fraîcheur ? » se dit-il brusquement.

Il s'aperçut alors qu'il était un peu dans le milieu du ruisseau.

— Diable de cyclope bossu ! grommela-t-il entre ses dents, et il voulut se lever. Mais il était trop meurtri. Force lui fut de rester en place.

Il se rappela la scène violente qu'il venait d'entrevoir, que la bohémienne se débattait entre deux hommes, que Quasimodo avait un compagnon, et la figure hautaine de l'archidiacre passa confusément dans son souvenir. Pourquoi l'archidiacre, que l'on accusait sous le manteau d'avoir livré son âme au diable, pourchassait-il, avec tant de haine, ses humbles confrères ès sorcellerie ? Croyait-il donner le change par ce zèle hypocrite ? Gringoire continua à échafauder le fantasque édifice des hypothèses, ce château de cartes de philosophes. Puis soudain, revenant encore une fois à la réalité :

— Ah çà ! Je gèle ! s'écria-t-il.

Mais voilà qu'un ennui d'une tout autre nature surgit. Un groupe d'enfants, de ces petits sauvages va-nu-pieds qui ont de tout temps battu le pavé de Paris, accourait vers le carrefour où gisait Gringoire, avec les rires et ces cris qui paraissaient se soucier fort peu du sommeil des voisins. Ils traînaient après eux un sac informe et criaient à tue-tête.

— Le vieux Eustache Moubon, le marchand féron du coin vient de mourir. Nous avons sa paillasse, nous allons faire un feu de joie.

Et ils jetèrent la paillasse précisément sur Gringoire qu'ils ne voyaient pas. En même temps, l'un d'eux saisit une poignée de paille qu'il alluma à la mèche de la bonne Vierge. Pris entre le feu et l'eau, Gringoire fit un effort surhumain. Il se leva, rejeta la paillasse sur les gamins et s'enfuit.

— Sainte Vierge ! crièrent les enfants, le marchand féron qui revient.

Et ils s'enfuirent de leur côté.

VI

LA CRUCHE CASSÉE

APRÈS avoir couru à toutes jambes pendant quelque temps sans savoir où, cherchant fuite et passage à travers tous les méandres du vieux pavé des Halles, notre ami tenta de s'orienter.

Mais ce n'étaient qu'intersections de maisons, voies sans issue où il s'engluait de plus en plus dans la boue, avec une angoissante impression de cauchemar.

Tout à coup, distinguant une espèce de reflet rougeâtre, il se précipita dans la longue ruelle en pente, non pavée, au bout de laquelle cette lueur imprécise l'appelait comme un phare. Alors, quelque chose d'assez singulier frappa son attention. Il n'était pas seul à se diriger vers l'éclat vacillant qui brillait au bout de la ruelle. Des formes vagues, lourdes, rampaient à ses côtés.

Notre poète, qui n'avait pas à craindre pour sa bourse, n'en continuait pas moins à avancer parmi ces larves qui l'entouraient et se mouvaient avec lui.

À mesure qu'il s'enfonçait dans la rue, culs-de-jatte, aveugles, boiteux pullulaient autour de lui, et des manchots, et des borgnes, et des lépreux, hurlant, beuglant, glapissant tous, clopin-clopant, cahin-caha, se ruant vers la lumière, et vautrés dans la fange comme des limaces après la pluie.

L'idée lui vint d'essayer de retourner sur ses pas. Il était trop tard. L'horrible légion s'était refermée derrière lui et l'encerclait de tous côtés.

Enfin, il atteignit l'extrémité de la rue. Elle débouchait sur une place immense où mille lumières éparses trouaient le brouillard confus de la nuit. Il s'y jeta...

Il était dans cette redoutable Cour des Miracles, où jamais honnête homme n'avait pénétré à pareille heure. Tous les mendiants, les faux manchots, les faux éclopés, tous les exhibitionnistes de plaies hideuses obtenues généralement par un habile maquillage, tous les brigands, voleurs et assassins de toutes races et de toutes nationalités se retrouvaient le soir, avec leur butin, dans cet égout du vice.

C'était une vaste place irrégulière et mal pavée comme toutes les places de Paris alors. Des feux, autour desquels grouillaient des êtres étranges, y brillaient çà et là.

Gringoire, de plus en plus effaré, entendit tout à coup monter de cette cohue bourdonnante un cri distinct :

— Menons-le au roi ! Menons-le au roi !

On l'entraîna. Ce fut à qui mettrait la griffe sur lui. On lui fit traverser l'horrible place. Son escorte en guenilles s'arrêta enfin près d'un grand feu brûlant sur une large dalle ronde. Quelques tables vermoulues étaient dressées là, encombrées de pots ruisselant de vin et de cervoise.

Un tonneau était près du feu et un mendiant sur le tonneau. C'était le roi sur son trône qui, du haut de sa futaille, s'écria :

— Qu'est-ce que c'est que ce maraud ?

— Maître, articula Gringoire... Monseigneur... Sire... Comment dois-je vous appeler ?

— Monseigneur, Sa Majesté, ou camarade, comme tu voudras, mais dépêche... Ton nom, maraud, et la paix. Tu es devant trois puissants souverains : moi, Clopin Trouillefou, roi de Thunes ; Mathias Hungadi Spicali, duc d'Égypte et de Bohême, ce vieux jaune que tu vois là avec un torchon autour de la tête ; Guillaume Rousseau, empereur de Galilée, ce gros qui ne nous écoute pas, occupé qu'il est de vider son pot de vin. Nous sommes tes juges. Tu es entré dans le royaume d'argot sans être argotier, tu as violé les privilèges de notre ville. Tu dois être puni, à moins que tu ne sois capon, franc-mitou ou rifodé, c'est-à-dire, dans l'argot des honnêtes gens, voleur, mendiant ou vagabond. Es-tu quelque chose comme cela ?

— Hélas ! dit Gringoire, je n'ai pas cet honneur. Je suis l'auteur...

— Suffit ! coupa Trouillefou. Tu vas être pendu.

— Messeigneurs les Empereurs et Rois, prononça Gringoire avec un sang-froid qui l'étonna lui-même... je m'appelle Pierre Gringoire ; je suis le poète dont on a présenté ce matin une moralité dans la grande-salle du Palais.

— Ah ! C'est toi, maître ! dit Clopin. J'y étais. Eh bien ! Est-ce une raison parce que tu nous as ennuyés ce matin, pour ne pas être pendu ce soir ?

Gringoire pensa qu'il valait mieux être truand, et Clopin Trouillefou, après avoir conféré avec le duc d'Égypte et l'empereur de Galilée, consentit à lui faire subir son examen d'admission. Un candidat au royaume de l'argot devait être capable de fouiller un mannequin, chargé de clochettes, sans que frémît aucun des multiples et légers battants...

Le rimailleur se dit prêt à tenter l'épreuve. Le mannequin fut apporté et, avec lui, une jolie potence portative à laquelle les truands suspendirent l'épouvantail tintinnabulant. Quand celui-ci fut immobilisé, Clopin désigna à Gringoire un escabeau mal équilibré, placé au-dessous, en lui ordonnant d'y monter.

— Dressé sur la pointe du pied gauche, le droit tourné autour de la jambe gauche, expliqua le roi de Thunes, fouille la poche du mannequin. Tire la bourse qui s'y trouve. Si tu fais tout cela sans qu'on entende le bruit d'une sonnette, c'est bien. Tu seras truand. Nous n'aurons plus qu'à te rouer de coups pendant neuf jours.

— Et si je fais chanter les sonnettes ?

— Alors tu seras pendu. Que j'entende un seul grelot et tu prendras la place du mannequin. Allons ! Dépêchons et que cela finisse.

Désespérant d'obtenir ni répit, ni sursis, Gringoire, bravement, tourna son pied droit autour de son pied gauche, se dressa sur son pied gauche et étendit le bras ; mais au moment où il touchait le mannequin, son corps qui n'avait plus qu'un pied chancela sur l'escabeau qui n'en avait que trois. Il chercha, par un geste instinctif, à s'appuyer au mannequin, perdit l'équilibre et tomba face à terre, assourdi par la fatale vibration des mille sonnettes du mannequin...

— Relevez-moi le drôle, ordonna Trouillefou et pendez-le-moi rudement.

Clopin vint à lui, lui passa la corde au cou, puis juste au moment de frapper dans ses mains pour donner le signal ultime, il s'arrêta :

— Un instant ! dit-il. J'oubliais... Il est d'usage que nous ne pendions pas un homme sans demander s'il y a une femme qui en veut.

— Personne n'en veut ? cria Trouillefou, de l'accent d'un huissier-priseur. Adjugé !

À ce moment précis, un cri s'éleva parmi les argotiers :

— La Esméralda ! La Esméralda !

Et la foule s'ouvrit, donnant passage à une pure et éblouissante figure. C'était la bohémienne.

Elle paraissait exercer jusque dans la Cour des Miracles son empire de charme et de beauté.

— Vous allez pendre cet homme ? demanda-t-elle gravement à Clopin.

— Oui, sœur, répondit le roi de Thunes, à moins que tu ne le prennes pour mari ?

Elle fit sa gracieuse petite moue de la lèvre inférieure et déclara :

— Je le prends.

Gringoire, ici, crut fermement qu'il était, depuis le matin, la proie d'un rêve.

On détacha le nœud coulant, on fit descendre le poète de l'escabeau. Il fut obligé de s'asseoir, tant la commotion était vive.

Le duc d'Égypte, sans prononcer une parole, apporta une cruche d'argile. La bohémienne la présenta à Gringoire.

— Jetez-la à terre ! lui dit-elle.

La cruche se brisa. Le duc d'Égypte considéra les morceaux. Il y en avait quatre.

— Frère, dit-il alors, elle est ta femme ; sœur, il est ton mari. Vous êtes unis pour quatre ans. Allez.

VII

LE GÎTE ET LE SOUPER

Q UAND il se vit dans une petite chambre voûtée en ogive, bien close, bien chaude, assis devant une table tout auprès d'un garde-manger garni et tête-à-tête avec une jolie fille, notre poète ne fut pas loin de se prendre sérieusement pour un personnage de conte de fées.

Sa compagne, cependant, ne lui accordait pas la moindre attention. Elle allait et venait, causait avec sa chèvre, faisait sa moue çà et là.

— Pourquoi donc m'avez-vous pris pour mari ? demanda-t-il après un moment.

— Fallait-il te laisser pendre ? répondit-elle avec simplicité.

— Ah ! fit le poète, désappointé. Vous n'avez eu d'autre pensée en m'épousant que de me sauver du gibet ?

— Et quelle autre pensée veux-tu que j'aie eue ?

Il devait donc en prendre son parti. Esméralda avait été guidée par son bon cœur et non pas par l'amour...

— Excusez-moi, dit-il, j'avais pensé... Mais qu'importe ! Votre pitié m'attache à vous autant que l'aurait pu faire votre amour. Je vous jure, sur ma part de paradis, de ne vous contrarier en rien, de ne rien faire sans votre congé et permission. Mais...

L'Égyptienne dressa la tête puis éclata de rire quand il eut complété sa phrase :

— Mais donnez-moi à souper !

Un moment après, il y avait sur la table un pain de seigle, une tranche de lard, quelques pommes ridées et un broc de cervoise. Gringoire se mit à manger avec emportement.

La jeune fille, assise devant lui, le regardait en silence, visiblement préoccupée d'une autre pensée à laquelle elle souriait de temps en temps, tan-

dis que sa douce main caressait la tête intelligente de la chèvre mollement pressée entre ses genoux.

Une chandelle de cire jaune éclairait cette scène de voracité et de rêverie.

« À quoi... ou à qui donc pense-t-elle ? » se demanda Gringoire quand son estomac fut calmé.

Et il recommença de l'interroger :

— Comment faut-il être pour vous plaire ?

— Il faut être homme.

— Et moi, dit-il, qu'est-ce que je suis donc ?

— Un homme a le casque en tête, l'épée au poing et des éperons d'or aux talons.

— Bon ! dit Gringoire, sans le cheval, point d'homme ?

— Je ne pourrai aimer qu'un homme qui pourra me protéger.

Gringoire rougit. Il était évident qu'elle faisait allusion au peu d'appui qu'il lui avait prêté dans la circonstance critique où elle s'était trouvée deux heures auparavant.

— À propos, Mademoiselle, demanda-t-il, comment vous êtes-vous arrachée des griffes de Quasimodo ?

La bohémienne tressaillit :

— Oh ! L'horrible bossu !

— Comment avez-vous pu lui échapper ? insista Gringoire.

La Esméralda sourit, soupira et garda le silence.

— Savez-vous pourquoi il vous avait suivie ? reprit-il.

— Je ne sais pas, dit la jeune fille, qui ajouta vivement : Mais, vous, pourquoi me suiviez-vous ?

— En bonne foi, répondit Gringoire, je ne sais pas non plus.

Alors il lui raconta ses mésaventures de la journée et lui parla de sa vie incertaine. Pour elle, il remonta dans ses souvenirs jusqu'à sa triste première enfance de gamin de Paris. Au sortir d'une jeunesse honnête, quoique vagabonde et infortunée, il avait eu la chance de rencontrer dom Claude Frollo, le révérend archidiacre de Notre-Dame. Grâce à l'homme d'église, il avait pu apprendre le latin et la philosophie. La jeune fille semblait écouter parce qu'elle était silencieuse. Tout à coup, cependant, elle l'interrompit pour demander :

— Phœbus, qu'est-ce que cela veut dire ?

— C'est un mot latin qui signifie soleil.

— Soleil ! répéta-t-elle, son pur visage illuminé comme aux rayons de l'astre.

Gringoire compléta son explication :

— C'est le nom d'un très bel archer qui était dieu.

— Dieu ! reprit l'Égyptienne d'un accent passionné.

Mais puisque l'on en était à traduire les noms, il voulut à son tour savoir ce que signifiait Esméralda. La jeune fille croyait que c'était un mot égyptien. Elle ne put en dire davantage.

— Cet homme que vous nommez le duc d'Égypte et qui nous a mariés, c'est le chef de votre tribu ?

— Oui.

— À quel âge êtes-vous venue en France ?

— Toute petite.

— À Paris ?

— L'an dernier...

— Avez-vous encore vos parents ?

Esméralda ne répondit pas.

Mais il était une question que Gringoire brûlait de lui poser :

— Ce soir... lorsque vous fûtes attaquée par Quasimodo, n'avez-vous pas remarqué un autre homme qui s'éclipsa à l'arrivée du guet...

Esméralda inclina la tête en frissonnant.

— Il m'a semblé...

— Ne l'avez-vous pas reconnu ?

— J'ai peur de l'avoir reconnu...

— Pourquoi, Mademoiselle ? Si je ne me trompe, il avait quelque ressemblance avec dom Claude Frollo dont je vous entretenais tout à l'heure. Un archidiacre, vous ai-je dit, dont les desseins ne peuvent être condamnables.

— Oui... sans doute... Je ne sais pas... murmura-t-elle terrorisée. Pourtant je suis sûre qu'il me hait. Il me prend pour une sorcière. Ah ! J'aimerais mieux rencontrer le diable que tomber entre ses mains.

Puis, après un silence, il l'entendit qui murmurait à nouveau : Phœbus...

« Ce doit être en manière d'exorcisme », pensa-t-il, constatant qu'elle était retombée dans sa rêverie.

Allons ! Il n'apprendrait rien de plus sur l'énigmatique créature et il était temps d'accorder au sommeil une revanche longtemps espérée. Esméralda parut être de cet avis. Sans même lui souhaiter la bonne nuit, elle disparut, avec sa chèvre, dans la pièce voisine dont elle tira le verrou.

— M'a-t-elle au moins laissé un lit ? dit notre philosophe.

Ayant fait le tour de la cellule, il dut se contenter d'un assez long coffre de bois. Encore, le couvercle en était-il sculpté.

VIII

NOTRE-DAME

I L y avait seize ans à l'époque où se passe cette histoire que, par un beau matin de dimanche de la Quasimodo, une créature vivante avait été déposée après la messe, dans l'église de Notre-Dame, sur le bois de lit scellé dans le parvis, à main gauche, où il était d'usage d'exposer les enfants trouvés.

Les prenait là qui voulait.

L'espèce d'être qui gisait sur cette planche le matin de la Quasimodo en l'an 1467 paraissait exciter à un haut degré la curiosité du groupe amassé autour du bois de lit.

Effrayé de tant de regards, l'abandonné glapissait et se tordait, sa tête difforme sortant d'un sac de toile imprimé au chiffre de l'évêque de Paris. Et ce petit monstre n'était pas un nouveauné. Les commères lui attribuaient au moins quatre ans. En tout cas, l'on n'eût rien imaginé d'aussi repoussant. On ne lui voyait qu'un œil. Sur l'autre, il avait une verrue. La bouche et les dents semblaient vouloir mordre. Une forêt de cheveux complétait la figure du petit magicien comme l'appelèrent ces dames, horrifiées, persuadées d'avoir devant les yeux un enfant du diable. Il apportait avec lui la malédiction.

Mieux vaudrait le jeter au fagot.

— Un beau fagot flambant ! précisa l'une d'elles.

Mais alors, un jeune prêtre à la figure sévère écarta silencieusement la foule, examina le petit magicien, étendit la main sur lui et prononça :

— J'adopte cet enfant.

Il le prit dans sa soutane et l'emporta.

La première surprise passée, une femme de l'assistance se pencha vers sa voisine pour lui confier à l'oreille :

— Je vous avais bien dit que ce jeune clerc, Claude Frollo, est un sorcier.

En effet, Claude Frollo n'était pas un personnage vulgaire. Destiné, dès l'enfance, par ses parents, à l'état ecclésiastique, il témoigna très vite d'une ardeur intellectuelle qui ne fit qu'augmenter au fur et à mesure qu'il avançait dans ses études. C'était en lui une véritable fièvre. Il voulait tout apprendre, tout retenir. À dix-huit ans, les quatre facultés y avaient passé. Il semblait au jeune homme que la vie avait un but unique : savoir.

Mais la grande peste de 1466 lui enleva, le même jour, son père et sa mère. Il ne restait à Claude qu'un frère, encore au maillot.

Alors, lui qui n'avait vécu que par l'esprit commença à vivre par le cœur. Il se prit de passion et de dévouement pour la frêle créature, jolie et frisée, pour cet orphelin dont il était l'unique appui. Il fut à l'enfant plus qu'un frère, il lui devint une mère.

C'est au moment où il revenait, le jour de la Quasimodo, de dire sa messe des paresseux à leur autel, que son attention avait été éveillée par le groupe des vieilles glapissant autour du lit des enfants trouvés.

Il s'était approché de la malheureuse créature si haïe et si menacée et, devant cette détresse, cette difformité, cet abandon, c'est à son frère qu'il pensa.

Il l'imagina, jeté sur la planche des enfants trouvés. Sort abominable qui pourrait échoir au cher petit Jehan s'il venait à lui manquer... À cette idée, une grande pitié s'était remuée en lui et il avait adopté l'abandonné.

Il baptisa son enfant adoptif et le nomma *Quasimodo,* soit qu'il voulût marquer par là le jour où il l'avait trouvé, soit qu'il voulût caractériser à quel point la pauvre petite créature était incomplète et à peine ébauchée. En effet, Quasimodo, borgne, bossu, cagneux, n'était guère qu'un *à peu près*.

Or, en 1482, Quasimodo avait grandi. Il avait été promu, depuis quelques années, sonneur de cloches de Notre-Dame, grâce à son père adoptif, Claude Frollo, élevé à la qualité d'archidiacre.

Avec le temps, il s'était formé je ne sais quel lien intime qui unissait le sonneur à l'église.

Notre-Dame avait été successivement pour lui, selon qu'il grandissait et se développait, l'œuf, le nid, la maison, la patrie, l'univers.

La première fois qu'il s'accrocha machinalement à la corde des tours, et qu'il s'y pendit et qu'il mit la cloche en branle, cela fit à Claude, son père adoptif, l'effet d'un enfant dont la langue se délie et qui commence à parler.

Mais une malédiction semblait peser sur le pauvre Quasimodo. Sonneur de Notre-Dame à quatorze ans, une nouvelle infirmité avait parachevé l'œuvre de la nature : les cloches lui avaient brisé le tympan. Né borgne, bossu, boiteux, il était devenu sourd, et sa surdité le rendit en quelque façon muet.

Car pour ne pas donner à rire, du moment qu'il ne pouvait entendre, il se détermina à un silence qu'il ne rompait guère que lorsqu'il était seul. De là, il advint que sa langue s'engourdit et quand la nécessité le contraignait à parler, il le faisait si maladroitement que l'on avait peine à le comprendre.

Un autre effet de son malheur fut de le rendre méchant. Il était méchant parce qu'il était sauvage ; il était sauvage parce qu'il était laid.

Ainsi, fuyant ses semblables, la cathédrale ne lui était pas seulement la société, mais encore toute la nature ; avec ses vitraux toujours en fleurs, ses feuillages de pierre chargés d'oiseaux dans la touffe des chapiteaux saxons, la cime de ses tours colossales qu'il escaladait sans vertige quand il voulait contempler Paris, cet océan qui bruissait à leurs pieds.

Ce qu'il aimait avant tout dans l'édifice maternel, ce qui le rendait parfois heureux, c'étaient les cloches. Pourtant, il leur devait sa surdité ! La grosse cloche était sa bien-aimée. Elle s'appelait Marie et occupait la tour méridionale avec sa sœur Jacqueline, cloche de moindre taille. Dans la deuxième tour, il y avait six autres cloches, et enfin les six plus petites habitaient le clocher sur la croisée avec la cloche de bois. Quasimodo régnait sur toutes les quinze, les caressait, leur parlait, les comprenait, mais la grosse Marie était sa favorite.

Parmi les créatures humaines, il y en avait une que Quasimodo exceptait de sa malice et de sa haine et qu'il aimait autant, plus peut-être, que sa cathédrale : c'était Claude Frollo.

La chose était simple. Claude Frollo l'avait recueilli, l'avait adopté, l'avait nourri, l'avait élevé. Tout petit, c'est dans les jambes de Claude Frollo qu'il avait coutume de se réfugier, quand les chiens et les enfants aboyaient après lui. Claude Frollo lui avait appris à parler, à lire, à écrire. Claude Frollo, enfin, l'avait fait sonneur de cloches. De cette façon, Quasimodo n'était en rapport dans ce monde qu'avec deux choses : Notre-Dame et Claude Frollo.

En 1482, Quasimodo avait environ vingt ans, Claude Frollo environ trente-six : l'un avait grandi, l'autre avait vieilli.

Claude Frollo n'était plus le simple écolier du collège Torchi, le tendre protecteur d'un petit enfant... C'était un prêtre austère, grave, morose, un chargé d'âmes, le second acolyte de l'évêque. Enfin, un personnage imposant et sombre et qui répandait la crainte autour de lui.

Il n'avait abandonné ni la science, ni l'éducation de son jeune frère, ces deux occupations de sa vie. Mais avec le temps, il s'était mêlé quelque amertume à ces choses si douces. Le petit Jehan Frollo n'avait pas grandi dans la direction que Claude avait voulu lui imprimer. Le grand frère comptait sur un élève pieux, docile, docte, honorable. Or, Jehan s'avéra très vite un vrai diable, fort désordonné mais fort drôle et fort subtil. Indulgent et désolé, son frère lui adressait de longs sermons que le jeune vaurien, qui avait bon cœur, écoutait avec une attention que l'on eût pu prendre pour la marque du repentir ; mais le sermon passé, il n'en retournait pas moins tranquillement à ses séditions et ses énormités. Quand il eut seize ans, Claude renonça à tout espoir d'amender jamais cette nature frivole et charmante, trop faible pour résister au mal.

Amèrement découragé dans ses affections humaines, l'archidiacre s'était jeté avec un emportement décuplé dans les bras de la science. Il devint donc de plus en plus savant, et en même temps de plus en plus rigide comme prêtre, de plus en plus triste comme homme.

Ayant parcouru, dès sa jeunesse, le cercle presque entier des connaissances humaines positives, il osa — disait-on — pénétrer dans le domaine interdit des alchimistes et des hermétiques. Il y avait peut-être risqué son âme...

Il est certain encore que l'archidiacre s'était accommodé, dans celle des deux tours de Notre-Dame qui regarde sur la Grève, une petite cellule fort secrète où nul n'entrait.

Il n'y avait pas dans tout cela, après tout, grandes preuves de sorcellerie; mais c'était bien toujours autant de fumée qu'il en fallait pour supposer du feu; et l'archidiacre avait un renom assez formidable. Nous devons dire pourtant que les sciences d'Égypte, que la nécromancie, que la magie, même la plus blanche et la plus innocente, n'avaient pas d'ennemi plus acharné, pas de dénonciateur plus impitoyable par-devant Messieurs de l'Officialité de Notre-Dame. Cela n'empêchait pas l'archidiacre d'être considéré par les doctes têtes du chapitre comme une âme aventurée dans le vestibule de l'enfer.

Pourtant, au fur et à mesure des années, il redoublait de sévérité envers lui-même mais aussi envers les autres. Son horreur pour tout ce qui s'apparentait à la sorcellerie, surtout, s'accusait davantage. Jamais il n'avait été apparemment plus exemplaire. Jamais il n'avait autant pourchassé les Égyptiennes et les zingari qu'il le faisait à l'époque où se déroule notre récit. Il avait obtenu de l'évêque un édit qui fît expresse défense aux bohémiennes de venir danser et tambouriner sur la place du Parvis et il compulsait les archives moisies de l'officiel, afin de retenir le cas de sorciers et de sorcières condamnés au feu ou à la corde pour maléfices.

IX

QUASIMODO DEVANT SES JUGES

LE lendemain de la fameuse fête où furent célébrés les Flamands et Quasimodo, une foule de curieux s'entassait dès huit heures du matin dans la petite salle basse et voûtée du Grand Châtelet, où se disposait à rendre la justice maître Florian Barbedienne.

Au premier rang de l'assistance, on pouvait reconnaître Jehan Frollo, écolier, ce piéton qu'on était sûr de rencontrer partout dans Paris, excepté devant la chaire des professeurs. Et Jehan Frollo avait retrouvé là un grand nombre de ses compagnons habituels, avec lesquels il ricanait et plaisantait comme s'ils se fussent encore préparés à élire le pape des fous. Tout à coup, un remue-ménage insolite, un renfort de gardes le rendit attentif. Poussant le coude de son plus proche voisin, il s'écria :

— Qui vont-ils introduire ? Voilà bien des sergents !

Puis dressé sur la pointe de pieds pour mieux voir :

— C'en est un ! annonça-t-il. C'en est un, et un beau encore. C'est notre prince d'hier, notre pape des fous, notre sonneur de cloches, notre borgne, notre bossu, notre grimace.

C'était Quasimodo, sanglé, cerclé, ficelé, garrotté et sous bonne garde. Il était sombre, silencieux et tranquille. À peine son œil unique jetait-il de temps à autre sur les liens qui le chargeaient un regard sournois et colère.

Cependant, maître Florian, l'auditeur, feuilleta avec attention le dossier de la plainte dressée contre Quasimodo que lui présenta le greffier et, ce coup d'œil jeté, parut se recueillir un instant. Grâce à cette précaution, qu'il avait toujours soin de prendre au moment de procéder à un interrogatoire, il savait d'avance les noms, qualités, délits du prévenu, faisait des répliques prévues à des réponses prévues, et parvenait à se tirer de toutes les sinuosités de l'interrogatoire, sans trop laisser deviner sa surdité.

Ayant ainsi bien ruminé l'affaire de Quasimodo, il renversa sa tête en arrière et ferma les yeux à demi. C'est dans cette magistrale attitude qu'il commença l'interrogatoire :

— Votre nom ?

Quasimodo, que rien n'avertissait de la question à lui adressée, continua de regarder le juge fixement et ne répondit pas. Le juge sourd et que rien n'avertissait de la surdité de l'accusé, crut qu'il avait répondu, comme faisaient en général tous les accusés, et poursuivit avec son aplomb mécanique et stupide :

— C'est bien. Votre âge ?

Quasimodo ne répondit pas davantage à cette question. Le juge la crut satisfaite et continua :

— Maintenant votre état ?

Toujours même silence. L'auditoire cependant commençait à chuchoter et à s'entre-regarder.

— Il suffit, reprit l'imperturbable auditeur quand il supposa que l'accusé avait consommé sa troisième réponse. Vous êtes accusé, par-devant nous : *primo*, de trouble nocturne ; *secundo*, de voie de fait déshonnête sur la personne d'une femme folle ; *tertio*, de rébellion et déloyauté envers les archers de l'ordonnance du roi notre sire. Expliquez-vous sur tous ces points... Greffier, avez-vous écrit ce que l'accusé a dit jusqu'ici ?

À cette question malencontreuse, un éclat de rire s'éleva, du greffe à l'auditoire, si violent, si fou, si contagieux, si universel que force fut bien aux deux sourds de s'en apercevoir. Quasimodo se retourna en haussant sa bosse avec dédain, tandis que maître Florian l'apostropha avec indignation :

— Vous avez fait là, drôle, une réponse qui mériterait la hart. Savez-vous à qui vous parlez ?

Cette sortie n'était pas propre à arrêter l'explosion de la gaieté générale.

Quasimodo seul conserva son sérieux, pour la bonne raison qu'il ne comprenait rien à ce qui se passait autour de lui. Le juge, de plus en plus irrité, crut devoir continuer sur le même ton, espérant par là frapper l'accusé d'une terreur qui réagirait sur l'auditoire et le ramènerait au respect.

— C'est donc à dire, maître pervers et rapinier que vous êtes, que vous vous permettez de manquer à l'auditeur du Châtelet, au magistrat commis à la police populaire de Paris !

Il n'y a pas de raison pour qu'un sourd qui parle à un sourd s'arrête. Dieu sait où et quand aurait pris terre maître Florian, ainsi lancé à toutes rames dans la haute éloquence, si la porte basse du fond ne s'était ouverte tout à coup et n'avait donné passage à M. le Prévôt en personne, qui s'était levé de mauvaise humeur et arrivait en retard à l'audience.

— Qu'est-ce que tu as donc fait pour être ici, maraud ? demanda sévèrement messire Robert d'Estouteville.

Le pauvre diable, supposant que le prévôt lui demandait son nom, rompit le silence qu'il gardait habituellement et répondit avec une voix rauque et gutturale :

— Quasimodo.

Le fou rire recommença à circuler et messire Robert s'écria, rouge de colère :

— Te railles-tu aussi de moi, drôle fieffé ?

— Sonneur de cloches à Notre-Dame, répondit Quasimodo, croyant qu'il s'agissait d'expliquer au juge qui il était.

— Sonneur de cloches ! reprit le prévot atrabilaire. Sonneur de cloches ! Je te ferai faire sur le dos un carillon de houssines par les carrefours de Paris. Entends-tu, maraud ?

— Si c'est mon âge que vous voulez savoir, dit Quasimodo, je crois que j'aurai vingt ans à la Saint-Martin.

Pour le coup, c'était trop fort, le prévôt n'y put tenir.

— Ah ! Tu nargues la prévôté, misérable, Messieurs le Sergent à verge, vous me mènerez ce drôle au pilori de la Grève, vous le battrez et vous le tournerez une heure.

Le greffier se mit à rédiger incontinent le jugement. La teneur en était simple et brève.

X

AU PILORI

L A populace, avide d'émotion malsaine, s'était portée sur la place de Grève, où la présence de quatre sergents postés dès 9 heures du matin aux quatre coins du pilori avait fait espérer une exécution. Non pas une pendaison, mais un fouet, un essorillement, quelque chose enfin...

Le pilori se composait d'un cube de maçonnerie de quelque dix pieds de haut, creux à l'intérieur. Un degré fort raide, en pierre, conduisait à sa plate-forme supérieure sur laquelle on apercevait une roue horizontale, en bois de chêne plein. On liait le patient sur cette roue, à genoux et les bras derrière le dos. Un mécanisme imprimait une rotation à la roue toujours maintenue dans le plan horizontal et présentait de cette façon la face du condamné successivement à tous les points de la place. C'est ce que l'on appelait *tourner* un criminel.

Le patient était arrivé, déchaînant une huée prodigieuse de rires et d'ovations. On avait reconnu Quasimodo. C'était lui qui allait être pilorié sur cette même place où, la veille, il avait été salué, acclamé et proclamé pape et prince des fous, en cortège du duc d'Égypte, du roi de Thunes et de l'empereur de Galilée.

Il ne sourcillait pas. Toute résistance lui était rendue impossible par les lanières et chaînettes qui le maintenaient en entrant dans les chairs. On ne pouvait rien deviner sur sa physionomie qu'un étonnement de sauvage ou d'idiot. On le savait sourd, on l'eût dit aveugle.

Quand on l'eut mis à genoux, sur la planche circulaire, dénudé jusqu'à la ceinture et enchevêtré sous un nouveau système de courroies et d'ardillons, ce fut un fou rire dans la foule à la vue de la bosse de Quasimodo et de sa poitrine de chameau.

Le tourmenteur-juré commença par déposer sur un angle du pilori un sablier noir. Puis il ôta son surtout mi-parti et l'on vit pendre à sa main droite un fouet mince et effilé de longues lanières blanches, luisantes, noueuses, tressées, armées d'ongles de métal. De la main gauche, il repliait négligemment sa chemise autour de son bras droit, jusqu'à l'aisselle.

Cependant, Jehan Frollo criait en élevant sa tête blonde et frisée au-dessus de la foule (il était monté pour cela sur les épaules de l'un des assistants) :

— Venez voir, Messieurs, Mesdames ! Voici qu'on va flageller péremptoirement maître Quasimodo, le sonneur de mon frère Monsieur l'Archidiacre.

Et la foule de s'esclaffer, surtout les enfants et les jeunes filles.

Enfin, le tourmenteur frappa du pied. La roue se mit à tourner. Quasimodo chancela sous ses liens. La stupeur qui se peignit brusquement sur son visage difforme fit redoubler à l'cntour les éclats de rire.

Tout à coup, au moment où la roue dans sa révolution présenta au tourmenteur-juré le dos monstrueux de Quasimodo, le tourmenteur-juré leva le bras, les fines lanières sifflèrent aigrement dans l'air comme une poignée de couleuvres, et retombèrent avec furie sur les épaules du misérable.

Quasimodo bondit sur lui-même, comme réveillé en sursaut. Il commençait à comprendre. Il se tordit dans ses liens ; une violente contraction de surprise et de douleur décomposa les muscles de sa face mais il ne jeta pas un soupir.

Un second coup suivit le premier, puis un troisième et un autre, et un autre, et toujours. La roue ne cessait pas de tourner ni les coups de pleuvoir, faisant jaillir le sang. On vit ruisseler celui-ci par mille filets sur les noires épaules du bossu, et les grêles lanières, dans leur rotation qui déchirait l'air, l'éparpillaient en gouttes dans la foule.

Quasimodo retomba épuisé, ferma son œil unique, laissa tomber sa tête sur sa poitrine et fit le mort.

Enfin, un huissier du Châtelet vêtu de noir, monté sur un cheval noir, en station à côté de l'échelle depuis le commencement de l'exécution, étendit sa baguette d'ébène vers le sablier. Le tourmenteur s'arrêta. La roue s'arrêta. L'œil de Quasimodo se rouvrit lentement.

La flagellation était finie. Deux valets du tourmenteur-juré lavèrent les épaules saignantes du patient, les frottèrent de je ne sais quel onguent qui ferme sur-le-champ toutes les plaies et lui jetèrent sur le dos une sorte de pagne jaune taillé en chasuble.

Tout n'était pas fini pour Quasimodo. Il lui restait encore à subir une heure de pilori.

On retourna donc le sablier et on laissa le bossu attaché sur la planche pour que justice fût faite jusqu'au bout.

Mille injures pleuvaient, et les huées, et les imprécations, et les rires, et les pierres çà et là.

Quasimodo tint bon d'abord. Mais peu à peu cette patience, qui s'était roidie sous le fouet du tourmenteur, fléchit sous les coups de pierres et les lazzi.

La colère, la haine, le désespoir abaissaient lentement sur ce visage hideux un nuage de plus en plus sombre, de plus en plus chargé d'une électricité qui éclatait en mille éclairs dans l'œil du cyclope.

Mais voilà que la foule s'écarta pour livrer passage à une mule qui portait un prêtre. L'expression de Quasimodo changea. À la fureur qui le contractait, au sombre nuage qui assombrissait son front, succéda un sourire étrange, plein de douceur, de mansuétude, une expression d'ineffable tendresse. À mesure que le prêtre approchait, ce sourire devenait plus net, plus distinct, plus radieux. C'était comme la venue d'un sauveur que le malheureux saluait. Toutefois, au moment où la mule fut assez près du pilori, le prêtre baissa les yeux, rebroussa brusquement chemin et piqua des deux.

Ce prêtre était l'archidiacre dom Claude Frollo.

Le nuage retomba plus sombre sur le front de Quasimodo. Le sourire s'y mêla encore, mais amer, découragé, profondément triste.

Le temps s'écoulait. Il était là depuis une heure et demie au moins, déchiré, maltraité, moqué sans relâche et presque lapidé.

— À boire !

Cette exclamation de détresse, loin d'émouvoir les compassions, fut un surcroît d'amusement au bon populaire parisien qui entourait l'échelle.

Quasimodo promena sur la foule un regard désespéré et répéta d'une voix plus déchirante encore :

— À boire !

Et tous de rire.

Une femme lui lançait une pierre à la tête.

— À boire ! répéta pour la troisième fois Quasimodo pantelant.

À ce moment, il vit s'écarter la populace. Une jeune fille bizarrement vêtue sortit de la foule. Elle était accompagnée d'une petite chèvre blanche à cornes dorées et portait un tambour de basque à la main.

L'œil de Quasimodo étincela. C'était la bohémienne qu'il avait essayé d'enlever la nuit précédente. Il ne douta pas qu'elle vînt se venger aussi et lui donner son coup comme tous les autres.

Elle s'approcha, sans dire une parole, du patient qui se tordait vainement pour lui échapper, et détachant une gourde de sa ceinture, elle la porta doucement aux lèvres arides du misérable.

Alors, dans cet œil jusque-là si sec et si brûlé, on vit rouler une grosse larme, qui tomba lentement le long de ce visage difforme et longtemps contracté par le désespoir. C'était la première peut-être que l'infortuné eût jamais versée.

Cependant, il oubliait de boire. L'Égyptienne fit sa petite moue avec impatience et appuya en souriant le goulot à la bouche dentue de Quasimodo. Il but à longs traits. Sa soif était ardente.

Quand il eut fini, le misérable allongea ses lèvres noires, sans doute pour baiser la belle main qui venait de l'assister. Mais la jeune fille, qui n'était pas sans défiance peut-être et se souvenait de la violente tentative de la nuit, retira sa main avec le geste effrayé d'un enfant qui craint d'être mordu par une bête.

Alors, le pauvre sourd fixa sur elle un regard plein de reproche et d'une tristesse inexprimable.

C'eût été partout un spectacle touchant que cette belle fille, fraîche, pure, charmante, et si faible en même temps, ainsi pieusement accourue au secours de tant de misère, de difformité et de méchanceté. Sur un pilori, ce spectacle était sublime.

Tout ce peuple lui-même en fut saisi et se mit à battre des mains en criant : Noël ! Noël !

XI

L'INTRUSE

P LUSIEURS semaines s'étaient écoulées depuis
les événements que nous venons de raconter.
On était aux premiers jours de mars. C'était une
de ces journées de printemps qui ont tant de douceur et de beauté que tout Paris était répandu dans
les places et les promenades, les fêtes comme des
dimanches. Dans ces jours de clarté, de chaleur
et de sérénité, il y a une certaine heure surtout où
il faut admirer le portail de Notre-Dame. C'est
le moment où le soleil, déjà incliné vers le couchant, regarde presque en face la cathédrale. Ses
rayons, de plus en plus horizontaux, se retirent
lentement du pavé de la place et remontent le long
de la façade à pic dont ils font saillir les mille
rondes-bosses sur leur ombre, tandis que la grande
rose centrale flamboie comme un œil de cyclope
enflammé des réverbérations de la forge.

On était à cette heure-là.

Vis-à-vis de la haute cathédrale rougie par le
couchant, sur le balcon de pierre pratiqué au-

dessus du porche d'une riche maison gothique qui faisait l'angle de la place et de la rue du Parvis, quelques belles jeunes filles riaient et devisaient avec toutes sortes de grâces et de folies. C'était damoiselle Fleur-de-Lys de Gondelaurier et ses compagnes, Diane de Christeuil, Amelotte de Montmichel, Colombe de Gaillefontaine, et une fillette, la petite Bérangère de Champchevrier, filleule de Fleur-de-Lys.

Le balcon où étaient ces jeunes filles s'ouvrait sur une chambre richement tapissée d'un cuir de Flandre de couleur fauve imprimé à rinceaux d'or. Au fond, à côté d'une haute cheminée armoriée et blasonnée du haut en bas, était assise, dans un riche fauteuil de velours rouge, la maîtresse de maison, Mme Aloïse de Gondelaurier. À côté d'elle, se tenait, debout, un jeune homme d'assez fière mine, quoique un peu vaine et bravache. Ce jeune cavalier portait le brillant habit de capitaine des archers de l'ordonnance du roi.

De temps en temps, la vieille dame lui adressait la parole tout bas et il lui répondait de son mieux avec une politesse gauche et contrainte.

Pourtant, il était facile de voir aux petits signes d'intelligence de Mme Aloïse, aux clins d'yeux qu'elle détachait vers sa fille Fleur-de-Lys en parlant bas au capitaine, qu'il s'agissait de quelque fiançaille consommée entre le jeune homme et Fleur-de-Lys. Et à la froideur embarrassée de l'officier, il était facile de voir que, de son côté du moins, il ne s'agissait plus d'amour.

La bonne dame, fort entêtée de sa fille, comme une pauvre mère qu'elle était, ne s'apercevait pas du peu d'enthousiasme de l'officier et s'évertuait à lui faire remarquer les perfections infinies de Fleur-de-Lys.

— Petit cousin, avez-vous jamais vu figure plus avenante et plus égayée que votre accordée ? Est-on plus blanche et plus blonde ? ne sont-ce pas là des mains accomplies ? et ce cou-là, ne prend-il pas, à ravir, toutes les façons d'un cygne ? N'est-ce pas que ma Fleur-de-Lys est belle par adoration et que vous en êtes éperdu ?

— Sans doute, répondit-il, tout en pensant à autre chose.

— Mais parlez-lui donc, dit tout à coup Mme Aloïse en le poussant par l'épaule. Dites-lui donc quelque chose. Vous êtes devenu bien timide.

En ce moment, Bérangère de Champchevrier, svelte petite fille de sept ans, qui regardait dans la place par les trèfles du balcon, s'écria :

— Oh ! Voyez, belle marraine Fleur-de-Lys, la jolie danseuse qui danse là, sur le pavé, et qui tambourine au milieu des bourgeois manants !

En effet, on entendait le frissonnement sonore d'un tambour de basque.

— Quelque Égyptienne de Bohême, dit Fleur-de-Lys en se détournant nonchalemment vers la place.

— Voyons ! voyons ! crièrent ses vives compagnes ; et elles coururent toutes au balcon.

Le jeune homme se tenait depuis quelques moments pensant ou ne pensant pas, appuyé en silence au chambranle sculpté de la cheminée, quand Fleur-de-Lys, se tournant soudain, lui adressa la parole.

— Beau cousin, ne nous avez-vous pas parlé d'une petite bohémienne que vous avez sauvée, il y a deux mois, en faisant le contreguet la nuit, des mains d'une douzaine de voleurs ?

— Je crois que oui, belle cousine, dit le capitaine.

— Eh bien ! reprit-elle, c'est peut-être cette bohémienne qui danse là dans le parvis. Venez voir si vous la reconnaissez, beau cousin Phœbus.

Le capitaine Phœbus de Châteaupers s'approcha à pas lents du balcon.

— Tenez ! lui dit Fleur-de-Lys, regardez cette petite qui danse là dans ce rond. Est-ce votre bohémienne ?

Phœbus regarda, et dit :

— Oui, je la reconnais à sa chèvre.

— Oh ! la jolie petite chèvre, en effet ! dit une compagne de Fleur-de-Lys.

— Est-ce que ses cornes sont en or de vrai ? demanda Bérangère.

— Marraine ! s'écria la petite fille, qui la première avait aperçu Esméralda et dont les yeux sans cesse en mouvement s'étaient portés tout à coup vers le sommet des tours de Notre-Dame, qu'est-ce que c'est que cet homme noir qui est là-haut ?

Toutes les jeunes filles levèrent les yeux. Un homme, en effet, était accoudé sur la balustrade culminante de la tour septentrionale, donnant sur la Grève. C'était un prêtre. On distinguait nettement son costume et son visage appuyé sur ses deux mains. Du reste, il ne bougeait non plus qu'une statue. Son œil fixe plongeait dans la place.

— C'est Monsieur l'Archidiacre, dit Fleur-de-Lys.

— Beau cousin Phœbus, dit tout à coup Fleur-de-Lys, puisque vous connaissez cette petite bohé-mienne, faites-lui donc signe de monter. Cela nous amusera.

— Oh oui ! s'écrièrent toutes les jeunes filles en battant des mains.

— Mais c'est une folie, répondit Phœbus. Elle m'a sans doute oublié et je ne sais seulement pas son nom. Cependant, puisque vous le souhaitez, Mesdemoiselles, je vais essayer. Et se penchant à la balustrade du balcon, il se mit à crier :

— Petite !

La danseuse ne tambourinait pas en ce moment. Elle tourna la tête vers le point d'où lui venait cet appel, ses yeux se fixèrent sur Phœ-bus, et elle s'arrêta tout court.

— Petite ! répéta le capitaine, et il lui fit signe du doigt de venir.

La jeune fille le contempla un moment encore, sans bouger, puis elle rougit comme si une flamme lui était montée dans les joues, et prenant son tambourin sous son bras, elle se dirigea, à travers les spectateurs ébahis, vers la porte de la maison où Phœbus l'appelait, à pas lents, chancelante, et avec le regard troublé d'un oiseau qui cède à la fascination d'un serpent.

Un moment après, la portière de tapisserie se souleva et la bohémienne parut sur le seuil de la chambre, rouge, interdite, essoufflée, ses grands yeux baissés et n'osant faire un pas de plus.

Son apparition avait produit sur ce groupe de jeunes filles un effet singulier. Il est certain qu'un vague et indistinct désir de plaire au bel officier les animait toutes à la fois, que le splendide uniforme était le point de mire de toutes leurs coquetteries et que, depuis qu'il était présent, il y avait entre elles une certaine rivalité. Néanmoins, comme elles étaient toutes à peu près dans la même mesure de beauté, elles luttaient à armes égales et chacune pouvait espérer la victoire.

L'arrivée de la bohémienne rompit brusquement cet équilibre. Elle était d'une beauté si rare qu'au moment où elle s'avança à l'entrée de l'appartement, il sembla qu'elle y répandait une sorte de lumière qui lui était propre. C'était comme un flambeau qu'on venait d'apporter du grand jour dans l'ombre. Les nobles damoiselles en furent malgré elles éblouies.

Il venait de leur arriver une ennemie ; toutes le sentaient, toutes se ralliaient.

Aussi l'accueil fait à la bohémienne fut-il merveilleusement glacial.

Le capitaine rompit le silence le premier.

— Sur ma parole, dit-il avec un ton d'intrépide fatuité, voilà une charmante créature. Qu'en pensez-vous, belle cousine ?

Fleur-de-Lys répondit au capitaine avec une doucereuse affectation de dédain :

— Pas mal !

Les autres chuchotaient.

Enfin, Mme Aloïse, qui n'était pas la moins jalouse, parce qu'elle l'était pour sa fille, adressa la parole à la danseuse :

— Approchez, petite !

L'Égyptienne s'avança vers la noble dame.

— Belle enfant, dit Phœbus avec emphase en faisant de son côté quelques pas vers elle, je ne sais si j'ai le suprême bonheur d'être reconnu de vous...

Elle l'interrompit en levant sur lui un sourire et un regard pleins d'une douceur infinie :

— Oh oui ! dit-elle.

— Elle a bonne mémoire, observa Fleur-de-Lys.

— Or çà, reprit Phœbus, vous vous êtes bien prestement échappée l'autre soir. Est-ce que je vous fais peur ?

— Oh non ! dit la bohémienne.

Il y avait, dans l'accent dont cet *oh non !* fut prononcé à la suite de cet *oh oui !* quelque chose d'ineffable dont Fleur-de-Lys fut blessée. Ce dépit ne diminua point quand elle vit le capitaine,

enchanté de la bohémienne et surtout de lui-
même, pirouetter sur le talon en répétant avec une
grosse galanterie naïve et soldatesque :

— Une belle fille, sur mon âme.

— Assez sauvagement vêtue, dit Diane de
Christeuil.

— Mais cela est vrai, petite, dit Amelotte de
Montmichel, où as-tu pris de courir ainsi par les
rues sans guimpe ni gorgerette ?

Et les autres de renchérir.

Cruelles et gracieuses, elles fouillaient, elles fure-
taient malignement de la parole dans sa pauvre et
folle toilette de paillettes et d'oripeaux. C'était
des rires, des ironies, des humiliations sans fin.
Les sarcasmes pleuvaient sur l'Égyptienne, et la
bienveillance hautaine, et les regards méchants.

Phœbus, lui, riait et prenait le parti de la bohémienne avec un mélange d'impertinence et de
pitié.

— Laissez-les dire, petite ! répétait-il en faisant sonner ses éperons d'or. Sans doute, votre
toilette est un peu extravagante et farouche ; mais
charmante fille comme vous êtes, qu'est-ce que cela
cela fait ?

— Mon Dieu ! s'écria la blonde Gaillefontaine
en redressant son cou de cygne avec un sourire
amer, je vois que Messieurs les Archers de
l'ordonnance du roi prennent aisément feu aux
beaux yeux égyptiens.

— Pourquoi non ? dit Phœbus.

La bohémienne, qui avait baissé à terre son
regard aux paroles de Colombe de Gaillefontaine,

le releva rayonnant de joie et de fierté et le fixa de nouveau sur Phœbus. Elle était bien belle en ce moment.

La vieille dame, qui observait cette scène, se sentait offensée et ne comprenait pas.

— Sainte Vierge ! cria-t-elle tout à coup, qu'ai-je donc là qui me remue dans les jambes ? Ah ! la vilaine bête.

C'était la chèvre, qui venait d'arriver à la recherche de sa maîtresse et qui, en se précipitant vers elle, avait commencé par embarrasser ses cornes dans le monceau d'étoffe que les vêtements de la noble dame entassaient sur ses pieds quand elle était assise.

Ce fut une diversion. La bohémienne, sans dire une parole, la dégagea, s'accroupit à genoux et appuya contre sa joue la tête caressante de la chèvre. On eût dit qu'elle lui demandait pardon de l'avoir quittée ainsi.

Diane et Colombe s'adressèrent vivement à l'Égyptienne :

— Petite, fais donc faire un miracle à ta chèvre.

— Je ne sais ce que vous voulez dire, répondit la danseuse.

— Un miracle, une magie, une sorcellerie enfin.

— Je ne sais. Et elle se remit à caresser la jolie bête en répétant : Djali, Djali.

À ce moment, Fleur-de-Lys remarqua un sachet de cuir brodé suspendu au cou de la chèvre.

— Qu'est-ce que cela ? demanda-t-elle à l'Égyptienne.

L'Égyptienne leva ses grands yeux vers elle et lui répondit gravement :

— C'est mon secret.

« Je voudrais bien savoir ce que c'est que ton secret », pensa Fleur-de-Lys.

Cependant la bonne dame s'était levée avec humeur.

— Or çà, la bohémienne, si toi ni ta chèvre n'avez rien à nous danser, que faites-vous céans ?

La bohémienne, sans répondre, se dirigea lentement vers la porte. Mais plus elle en approchait, plus son pas se ralentissait. Un invincible aimant semblait la retenir. Tout à coup, elle tourna ses yeux humides de larmes sur Phœbus et s'arrêta.

— Oh ! s'écria le capitaine, on ne s'en va pas ainsi, revenez et dansez-nous quelque chose. À propos, belle d'amour, comment vous appelez-vous ?

— La Esméralda, dit la danseuse sans le quitter du regard.

À ce nom étrange, un fou rire éclata parmi les jeunes filles.

Cependant, depuis quelques minutes, sans qu'on fît attention à elle, Bérangère avait attiré la chèvre dans un coin de la chambre avec un massepain. En un instant, elles avaient été toutes deux bonnes amies. La curieuse enfant avait détaché le sachet suspendu au cou de la chèvre, l'avait ouvert et avait vidé sur la natte ce qu'il contenait. C'était un alphabet dont chaque lettre était inscrite séparément sur une petite tablette de buis. À peine ces joujoux furent-ils étalés sur la natte que l'enfant vit avec surprise la chèvre, dont c'était là sans doute un des *miracles*, tirer certaines lettres avec sa patte d'or et les disposer, en les poussant doucement, dans un ordre particulier. Au bout d'un instant, cela fit un mot que la chèvre semblait exercée à écrire, tant elle hésita peu à le former, et Bérangère s'écria tout à coup en joignant les mains avec admiration :

— Marraine Fleur-de-Lys, voyez donc ce que la chèvre vient de faire.

Fleur-de-Lys accourut et tressaillit. Les lettres disposées sur le plancher formaient ce mot : PHŒBUS.

— Voilà le secret ! pensa Fleur-de-Lys.

Cependant, au cri de l'enfant, tout le monde était accouru, et la mère, et les jeunes filles, et la bohémienne, et l'officier.

La bohémienne vit la sottise que venait de faire la chèvre. Elle devint rouge, puis pâle, et se mit à trembler comme une coupable devant le capitaine, qui la regardait avec un sourire de satisfaction et d'étonnement.

— Phœbus ! chuchotaient les jeunes filles stupéfaites ; c'est le nom du capitaine.

— Vous avez une merveilleuse mémoire ! dit Fleur-de-Lys à la bohémienne pétrifiée. Puis, elle tomba évanouie.

— Ma fille ! ma fille ! cria la mère effrayée. Va-t'en, bohémienne de l'enfer !

La Esméralda ramassa en un clin d'œil les malencontreuses lettres, fit signe à Djali et sortit par une porte, tandis qu'on emportait Fleur-de-Lys par l'autre.

Le capitaine Phœbus, resté seul, hésita un moment entre les deux portes ; puis il suivit la bohémienne.

XII

UN TENDRE CŒUR

S I Phœbus était sorti sur les pas de la gracieuse Égyptienne, ce n'était point qu'il voulût se montrer à ses côtés au sus et au vu de la foule. Le noble archer eût cru déchoir en recherchant la compagnie d'une faiseuse de tours... d'une danseuse de rue... d'une Égyptienne plus ou moins affiliée aux truands et suspecte de sorcellerie. Ce foudre de guerre était ménager de sa réputation.

Aussi fut-ce à voix basse, presque sans remuer les lèvres et sans s'arrêter, qu'il fixa à la zingara un rendez-vous pour le soir et en un lieu où ne risquerait pas de les rencontrer quelqu'une des nobles péronnelles de l'entourage de Fleur-de-Lys. Esméralda acquiesça tout aussitôt. L'innocente ignorait les plus vils pièges de la vie.

Mais vouée à frayer sa voie au travers des immondices de la grande Cité, elle aspirait au monde idéal, au monde inconnu qui était celui de son Phœbus, comme un chrétien aspire au paradis. Hélas ! L'extrême pureté de la jeune fille faisait d'elle une proie sans défense.

Toute autre eût refusé le rendez-vous proposé par Phœbus. La naïve Esméralda, d'abord, n'eût su imaginer, chez son Phœbus, le moindre dessein coupable. Et puis, humble, elle admettait qu'il ne la traitât pas ainsi qu'il eût fait pour une demoiselle de son rang. Enfin, et par-dessus tout, l'idée de le retrouver, seul à seule, l'enivrait. La crédule enfant avait accepté ce rendez-vous, honteux et honteusement donné, comme une preuve d'amour...

Quand elle rejoignit sur le parvis maître Pierre Gringoire, son feint mari, et sa blanche chèvre aux sabots d'or, à peine s'aperçut-elle du remue-ménage qui s'était produit en son absence.

Pour que le public prît patience durant le temps que la danseuse avait fait, à l'hôtel Gondelaurier, la visite que l'on sait, son compagnon, devenu son comparse (car il faut qu'un homme, s'il veut vivre, ait un métier hors celui de poète-philosophe) avait commencé l'un de ses meilleurs tours. Cela consistait à tenir entre les dents une pyramide de chaises au haut de quoi un chat se trouvait attaché.

Fort de mâchoires, habile dans ses gestes, notre écrivain se flattait de ne craindre personne quant à la maestria que requérait cet exercice... Il n'en arriva pas moins que, tout à coup, chaises et chat s'écroulèrent dans un vacarme où les malédictions de la dame qui avait prêté le chat dominaient en note suraiguë.

Il est même probable que Pierre Gringoire aurait eu un fâcheux compte à solder avec cette femme et toutes les faces contuses et égratignées qui l'entouraient, s'il ne se fût hâté de profiter du tumulte pour se réfugier dans l'église où Claude Frollo lui avait fait signe de le suivre.

Le coup d'œil du prêtre, détaillant le costume du saltimbanque, mi-parti de jaune et de rouge, n'avait rien de moqueur et d'ironique. Il était sérieux, tranquille et perçant et sous ce regard, Gringoire se sentit glacer jusqu'aux os.

— Vous faites là un beau métier.

— Je conviens, mon maître, qu'il vaut mieux philosopher et poétiser que porter des chats sur le pavois. Mais il faut vivre tous les jours, et les plus beaux vers alexandrins ne valent pas sous la dent un morceau de fromage de Brie. Un tas de gueux, qui sont devenus mes bons amis, m'ont appris vingt tours herculéens... *Concedo*, je concède que c'est un triste emploi de mes facultés intellectuelles et que l'homme n'est pas fait pour passer sa vie à tambouriner et à mordre des chaises. Mais, révérend maître, il ne suffit pas de passer sa vie, il faut la gagner.

Dom Claude écoutait en silence. Tout à coup, son œil enfoncé prit une telle expression sagace et pénétrante que Gringoire eut l'impression d'être fouillé jusqu'au fond de l'âme...

— Fort bien, maître Pierre, mais d'où vient que vous êtes maintenant en compagnie de cette danseuse d'Égypte ?

Alors Gringoire expliqua comment avait été conclu son bizarre mariage. Il parla d'Esméralda, qui l'avait sauvé, avec reconnaissance et affection. Elle était, selon lui, une créature inoffensive et charmante. Le peuple des quartiers qu'elle fréquentait l'aimait pour sa gaieté, pour sa gentillesse, pour ses vives allures, pour ses danses et pour ses chansons.

Gringoire compléta étourdiment :

— Dans toute la ville, elle ne se croit haïe que de deux personnes, dont elle parle souvent avec effroi : la sachette de la Tour-Roland, une vilaine recluse qui la maudit chaque fois qu'elle passe devant sa lucarne ; et un prêtre qui ne la rencontre jamais sans lui jeter des regards et des paroles qui lui font peur...

Quand il eut terminé, dom Frollo poussa Gringoire, par les épaules, hors de la cathédrale, avant de s'enfoncer lui-même, à grands pas, sous les sombres arcades.

Maître Pierre regagna le parvis où il ne courait plus aucun danger. Spectateurs et victimes de sa malencontreuse démonstration s'étaient apaisés à la vue d'Esméralda... La bohémienne ne pensait plus qu'à Phœbus, au rendez-vous donné dans un murmure...

XIII

L'AMOUR D'UN MONSTRE

LES bouleversantes délices d'un pur amour à son éveil, la pauvre Esméralda ne les avait point fait naître chez l'infatué Phœbus mais chez l'humble carillonneur de Notre-Dame.

Quasimodo, le borgne, le sourd, le bancal, le cagneux, le hors-nature, l'aimait comme elle aimait Phœbus.

Secret que nul n'eût soupçonné et qui pourtant modifia l'atmosphère de la Cité tout entière...

Auparavant, c'étaient des sonneries à tout propos, de longues aubades qui duraient de prône à complies, des volées de beffroi, de riches gammes... La vieille église était dans une perpétuelle joie de cloches. On y sentait sans cesse la présence d'un esprit de bruit et de caprice, qui chantait par toutes ces bouches de cuivre. Maintenant cet esprit semblait avoir disparu ; la cathédrale paraissait morne et gardait volontiers le silence. Les fêtes et les enterrements avaient leur simple sonnerie, sèche et nue, ce que le rituel exigeait, rien de plus.

S'il se fût agi d'un autre que Quasimodo, on eût pu croire que le supplice infamant du pilori l'avait anéanti, que les coups de fouet du tourmenteur avaient éteint son ardeur carillonneuse.

Il n'en était rien. Le cœur rude, l'âme primitive de Quasimodo ignoraient cette sorte de honte.

Mais de l'ignominieux châtiment, il gardait un souvenir différent, intact, clair et frais comme une eau à sa source... Un monde nouveau s'était ouvert pour lui au geste d'Esméralda, sa victime secourable. Et depuis, Esméralda habitait ses pensées et son cœur.

Sa gracieuse image l'accompagnait quand il allait et venait à travers la cathédrale, comme au faîte de la forêt de pierres dont il semblait une excroissance hideuse, une gargouille mobile tenue par d'invisibles liens.

Parfois, de là-haut, où il se mouvait à la façon d'un gorille, il la voyait apparaître, tout en bas... Alors il s'arrêtait, oubliait tout pour la contempler.

XIV

L'AMOUR D'UN GENTILHOMME

TANDIS que, au cœur de l'homme monstrueux, s'épanouissait une aussi totale et
timide dévotion, qu'éprouvait-il le bellâtre chéri
d'Esméralda ?

Nous pourrons nous en faire une idée en
jetant, certain soir, un coup d'œil à l'intérieur de l'illustre cabaret de la Pomme d'Ève,
quelques instants avant le rendez-vous qu'il avait
fixé à la bohémienne... Nous l'y verrons
s'attabler et plaisanter et rire avec Jehan l'écolier.

Oui, tandis que, de son côté, Esméralda, le
cœur battant, se dirigeait à travers les ruelles
noires vers le lieu de leur rencontre, lui passait
le temps parmi les ripailles, les jurements, le
bruit des verres, les querelles et se gaudissait de
sa bonne fortune, la bouche pâteuse et l'œil
trouble.

Toutefois, aux environs de sept heures, il fit
lever son compère.

— Il faut que je vous quitte. Voilà sept heures. J'ai rendez-vous avec une belle.

En débouchant dans la rue Saint-André-des-Arts, il aperçut des ombres qui rampaient derrière lui. Elles ne l'inquiétèrent que fort médiocrement. Brave, il se souciait peu de quelques larrons l'estoc au poing. Ce genre de rencontre était fréquent en une époque où, dès le coucher du soleil, les bourgeois ne se risquaient pas hors de chez eux.

Enfin, il s'arrêta devant une porte basse et heurta rudement. Une lumière parut aux fentes de la porte.

— Qui est là ? cria une voix édentée.

Le capitaine, peu soucieux de décliner son identité, répondit par une série de jurons, lesquels eurent l'effet d'un mot de passe.

La porte s'ouvrit sur-le-champ et laissa voir une vieille femme.

En pénétrant dans ce repaire, le capitaine demanda, d'un ton d'habitué :

— La chambre à sainte Marthe !

— À votre disposition, Monseigneur, fit la vieille et elle serra l'écu qu'il lui donna dans un tiroir. Pendant qu'elle tournait le dos, le petit garçon chevelu et déguenillé qui jouait dans les cendres s'approcha adroitement du tiroir, y prit l'écu et mit à la place une feuille sèche qu'il avait arrachée d'un fagot.

Phœbus, pour tromper son impatience, se mit à marcher à travers la chambre dont le plancher vermoulu, inégal, rafistolé çà et là, tantôt craquait, tantôt paraissait s'enfoncer et s'effriter mollement.

XV

IDYLLE

Tout à coup, il entendit gémir l'escalier de bois. Quelqu'un montait. La trappe se rouvrit, une lumière reparut. La vieille à face de chat sortit d'abord de la trappe, sa lampe à la main... Phœbus retroussa sa moustache ; l'horrible vieille précédait la belle et gracieuse Esméralda.

Nous l'avons dit, la candide enfant avait trouvé tout naturel de s'en venir rejoindre Phœbus dans cette hideuse retraite. Cependant, quand leur immonde hôtesse fut repartie et qu'elle demeura seule avec l'archer, quelque chose comme un tressaillement de l'âme l'avertit de l'insolite de sa démarche. Elle était rouge, interdite, palpitante. Ses longs cils baissés ombrageaient ses joues de pourpre. L'officier, sur lesquel elle n'osait lever les yeux, rayonnait. Machinalement, elle alla s'asseoir et avec un geste charmant de gaucherie, elle traçait du bout du doigt sur le banc des lignes incohérentes, et elle regardait son doigt. On ne voyait pas son pied, la petite chèvre était accroupie dessus.

Elle tenta de s'excuser :

— Oh ! dit-elle sans lever les yeux, ne me méprisez pas, Monseigneur Phœbus. Je sens que ce que je fais est mal.

— Vous mépriser, belle enfant ! répondait l'officier d'un air de galanterie supérieure et distinguée, vous mépriser et pourquoi ?

— Pour vous avoir suivi.

— Sur ce propos, ma belle, nous ne nous entendons pas. Je ne devrais pas vous mépriser, mais vous haïr.

La jeune fille le regarda avec effroi :

— Me haïr ! qu'ai-je donc fait ?

— Pour vous être tant fait prier.

La Esméralda resta un moment silencieuse, puis une larme sortit de ses yeux, un soupir de ses lèvres et elle dit :

— Oh ! Monseigneur, je vous aime.

Il y avait autour de la jeune fille un tel parfum de chasteté, un tel charme de vertu que Phœbus ne se sentait pas complètement à l'aise auprès d'elle. Cependant, cette parole l'enhardit.

— Vous m'aimez ! dit-il avec transport, et il jeta son bras autour de la taille de l'Égyptienne.

— Phœbus ! poursuivit la bohémienne, vous êtes bon, vous êtes généreux, vous êtes beau. Vous m'avez sauvée, moi qui ne suis qu'une pauvre enfant perdue en bohème. Il y a longtemps que je rêve d'un officier qui me sauve la vie. C'était de vous que je rêvais avant de vous connaître, mon Phœbus. Mon rêve avait une belle livrée comme vous, une grande mine, une épée.

Jamais il n'avait écouté pareille musique. Les belles dames de son monde ne s'appliquaient qu'à susciter par mille agaceries les compliments qu'elles pensaient mériter. La plus éprise eût eu bien soin de dissimuler son trouble. À l'opposé de ces expertes coquettes, la naïve créature ouvrait le fond de son cœur. Un homme d'âme haute eût vu là le signe de l'innocence. Il se fût agenouillé devant la danseuse des rues pour lui demander pardon de l'avoir amenée en un tel lieu.

Mais Phœbus n'avait, de vertu, que militaire et les nombreux succès que lui valait sa belle mine n'avaient pas peu contribué à développer sa fatuité naturelle.

L'extase de l'Égyptienne l'amusait sans l'étonner. Il faisait le paon avec simplicité, se levant, marchant à sa prière pour qu'elle vît tout grand et qu'elle entendît ses éperons.

— Comme vous êtes beau ! s'exclamait-elle.

Il en convint d'un sourire et reprit place à ses côtés :

— Écoutez, ma chère...

— Non, non, je ne vous écouterai pas. M'aimez-vous ? Je veux que vous me disiez si vous m'aimez.

— Si je t'aime, ange de ma vie ! s'écria le capitaine. Mon corps, mon sang, mon âme, tout est à toi, tout est pour toi. Je t'aime et n'ai jamais aimé que toi.

Il avait tant de fois répété cette phrase en mainte conjoncture pareille, qu'il la débita tout d'une haleine sans faire une seule faute de mémoire. À cette déclaration passionnée, l'Égyptienne leva au plafond sale qui tenait lieu de ciel un regard plein de bonheur angélique.

— Oh ! murmura-t-elle, voilà le moment où l'on devrait mourir.

— Mourir ? s'écria le capitaine. Qu'est-ce que vous dites donc là, bel ange ? C'est le cas de vivre, ou Jupiter n'est qu'un polisson. Mourir au commencement d'une si douce chose. Corne de bœuf ! quelle plaisanterie. Ce n'est pas cela. Écoutez, ma chère Similar... Esmenarda... Pardon, mais vous avez un nom si prodigieusement sarrasin que je ne puis m'en dépêtrer.

— Mon Dieu ! dit la pauvre fille, moi qui croyais ce nom joli pour sa singularité. Mais puisqu'il vous déplaît je voudrais m'appeler Goton.

— Ah ! Ne pleurons pas pour si peu, ma gracieuse, c'est un nom auquel il faut s'accoutumer, voilà tout. Une fois que je le saurai par cœur, cela ira tout seul. Écoutez donc, ma chère Similar, je vous adore à la passion. Je vous aime vraiment que c'est miraculeux. Je sais une petite qui en crève de rage...

La jalouse fille l'interrompit :

— Qui donc ?

— Qu'est-ce que cela nous fait ? dit Phœbus. M'aimez-vous ?

— Oh ! dit-elle.

— Eh bien ! c'est tout ce qui compte. Vous verrez comme je vous aime aussi. Je veux que le grand diable Neptunus m'enfourche si je ne vous rends pas la plus heureuse créature du monde. Je ferai parader mes archers sous vos fenêtres. Je vous conduirai aux grandes monstres des Parisiens à la Grange de Rully. Je vous mènerai voir les lions de l'Hôtel du Roi qui sont des bêtes fauves. Toutes les femmes aiment cela.

La jeune fille, absorbée dans ses charmantes pensées, rêvait au son de sa voix sans écouter le sens de ses paroles.

Tout à coup, elle se tourna vers lui :

— Phœbus, dit-elle avec une expression d'amour infini, instruis-moi dans ta religion.

— Ma religion ? s'écria le capitaine éclatant de rire. Moi, vous instruire dans ma religion ! Corne et tonnerre ! Qu'est-ce que vous voulez faire de ma religion ?

— C'est pour nous marier, répondit-elle.

La figure du capitaine prit une expression mélangée de surprise et de hautain mépris.

Cette traîne-savate, cette mendiante à tambourin était-elle folle ? Se marier… Quand il n'attendait d'elle qu'une distraction passagère ?

Elle le dévisageait, frémissante, interrogative. Mais pas plus qu'elle n'eut le temps de manifester son naïf désarroi, il n'eut celui de trouver une défaite qui sauvegarderait à la fois sa liberté et son plaisir.

Prise d'une indicible épouvante, Esméralda vit soudain au-dessus de la tête de Phœbus une autre tête, une tête convulsée et hirsute d'assassin.

Près de cette figure, il y avait une main qui tenait un poignard. L'homme avait brisé la porte du réduit voisin et il était là. Phœbus ne pouvait le voir. La jeune fille resta glacée, muette sous l'épouvantable apparition.

Elle ne put pousser un cri. Elle vit le poignard s'abaisser sur Phœbus et se relever en fumant.

— Malédiction ! dit le capitaine, et il tomba.

Elle s'évanouit.

Quand elle reprit ses sens, elle était entourée de soldats du guet, on emportait le capitaine baigné dans son sang. La fenêtre du fond de la chambre, qui donnait sur la rivière, était toute grande ouverte ; on ramassait un manteau qu'on supposait appartenir à l'officier, et elle entendait dire autour d'elle :

— C'est une sorcière qui a poignardé un capitaine.

XVI

ESMÉRALDA DEVANT SES JUGES

G RINGOIRE et toute la Cour des Miracles étaient dans une mortelle inquiétude. On ne savait depuis un grand mois ce qu'était devenue la Esméralda, ce qui contristait fort le duc d'Égypte et ses amis les truands, ni ce qu'était devenue sa chèvre, ce qui redoublait la douleur de Gringoire. Un soir l'Égyptienne avait disparu et, depuis lors, n'avait plus donné signe de vie. Toutes recherches avaient été inutiles.

Un jour que l'histrion-poète passait tristement devant la Tournelle criminelle, il aperçut quelque foule à l'une des portes du Palais de Justice.

— Qu'est-ce que cela ? demanda-t-il à un jeune homme qui en sortait.

— Je ne sais pas, Monsieur, répondit le jeune homme. On dit qu'on juge une femme qui a assassiné un gendarme. Comme il paraît qu'il y a de la sorcellerie là-dessous, l'Évêque et l'Official sont intervenus dans la cause et mon frère, qui est archidiacre de Notre-Dame, y passe sa vie.

Gringoire n'osa pas dire au jeune homme qu'il connaissait son frère l'archidiacre, vers lequel il n'était pas retourné depuis la scène de l'église, négligence qui l'embarrassait.

L'écolier passa son chemin et Gringoire se mit à suivre la foule qui montait l'escalier de la grand-chambre. Il estimait qu'il n'est rien de tel que le spectacle d'un procès pour vous tirer de vos propres soucis. Le peuple auquel il s'était mêlé marchait et se coudoyait en silence.

La salle était vaste et sombre, ce qui la faisait paraître plus vaste encore. Le jour déclinait ; les longues fenêtres ogives ne laissaient plus pénétrer qu'un pâle rayon qui s'éteignait avant d'atteindre jusqu'à la voûte, énorme treillis de charpentes sculptées, dont les mille figures semblaient remuer confusément dans l'ombre. Il y avait déjà plusieurs chandelles allumées çà et là sur des tables et rayonnant sur des têtes de greffiers affaissés dans des paperasses.

— Monsieur, demanda Gringoire à l'un de ses voisins, qu'est-ce que c'est donc que toutes ces personnes rangées là-bas comme prélats en concile ?

— Monsieur, dit le voisin, ce sont les conseillers de la grand-chambre à droite et les conseillers des enquêtes à gauche ; les maîtres en robes noires et les messires en robes rouges.

— Là, au-dessus d'eux, reprit Gringoire, qu'est-ce que c'est que ce gros rouge qui sue ?

— C'est M. le Président.

— Et ces moutons derrière lui ? poursuivit Gringoire.

— Ce sont Messieurs les Maîtres des Requêtes de l'Hôtel du Roi.

— Et devant lui, ce sanglier ?

— C'est Monsieur le Greffier de la cour du parlement.

— Et à droite, ce crocodile ?

— Maître Philippe Lheulier, avocat du roi extraordinaire.

— Et à gauche, ce gros chat noir ?

— Maître Jacques Charmolue, procureur du roi en cour d'église avec Messieurs de l'Officialité.

— Or çà, Monsieur, dit Gringoire, que font donc tous ces braves gens-là ?

— Ils jugent.

— Ils jugent qui ? je ne vois pas d'accusé.

— C'est une femme, Monsieur. Vous ne pouvez la voir. Elle nous tourne le dos et elle nous est cachée par la foule. Tenez, elle est là où vous voyez un groupe de pertuisanes.

— Qu'est-ce que cette femme ? demanda Gringoire. Savez-vous son nom ?

— Non, Monsieur. Je ne fais que d'arriver. Je présume seulement qu'il y a de la sorcellerie, parce que l'Official assiste au procès.

Ici les voisins imposèrent silence aux deux causeurs. On écoutait une déposition importante.

— Messieurs, disait, au milieu de la salle, une vieille dont le visage disparaissait tellement sous ses vêtements qu'on eût dit un monceau de guenilles qui marchait, Messeigneurs, la chose est aussi vraie qu'il est vrai que c'est moi qui suis la Falourdel, établie depuis quarante ans au Pont Saint-Michel et payant exactement rentes, lods et censives...

« Un soir, je filais mon rouet, on cogne à ma porte. Je demande qui. On jure. J'ouvre. Un homme entre. Un bel officier. Voilà qu'il me dit : "La chambre à sainte Marthe". C'est ma chambre d'en haut, Messeigneurs, ma plus propre. Il me donne un écu. Je serre l'écu dans mon tiroir, et je dis : "Ce sera pour acheter demain des tripes à l'écorcherie de la Gloriette". Nous montons. L'officier, qui était beau comme un grand seigneur, attend. Le temps de filer un quart d'écheveau, entre une belle jeune fille. Elle avait avec elle un bouc, un grand bouc, noir ou blanc, je ne sais plus. Voilà qui me fait songer. La fille, cela ne me regarde pas, mais le bouc... Cependant, je ne dis rien. J'avais l'écu. C'est juste, n'est-ce pas, Monsieur le Juge ? Je fais monter la fille à la chambre d'en haut et je les laisse seuls, c'est-à-dire avec le bouc. Je descends et je me remets à filer. Il faut vous dire que ma maison a un rez-de-chaussée et un premier. Elle donne par-derrière sur la rivière, comme les autres maisons du pont, et la fenêtre du rez-de-chaussée et la fenêtre du premier s'ouvrent sur l'eau. J'étais donc en train de filer. Tout à coup j'entends un cri en haut et choir quelque chose sur le carreau et que la fenêtre s'ouvre. Je cours à la mienne qui est au-dessous et je vois passer devant mes yeux une masse noire. Il faisait clair de lune. Je l'ai très bien vue. Alors, toute tremblante, j'appelle le guet. Ces

Messieurs de la douzaine entrent. Je leur ai expliqué. Nous montons et qu'est-ce que nous trouvons ? ma pauvre chambre tout en sang, le capitaine étendu de son long avec un poignard dans le cou, la fille faisant la morte et le bouc tout effarouché. On a emporté l'officier, pauvre jeune homme, et la fille débraillée. Attendez ! Le pire, c'est que le lendemain, quand j'ai voulu prendre l'écu pour acheter les tripes, j'ai trouvé une feuille sèche à sa place. »

La vieille se tut. Un murmure d'horreur circula dans l'auditoire.

— Ce bouc, cette feuille sèche, tout cela sent la magie, dit un voisin de Gringoire.

Gringoire lui-même n'était pas éloigné de trouver cet ensemble effrayant et vraisemblable.

Le magistrat qui avait fait à Gringoire l'effet d'un crocodile se leva :

— Femme Falourdel, avez-vous apporté cette feuille sèche en laquelle s'est transformé l'écu ?

— Oui, Monseigneur, répondit-elle, je l'ai retrouvée. La voici.

Un huissier transmit la feuille morte au crocodile, qui fit un signe de tête lugubre et la passa au président, qui la renvoya au procureur du roi en cour d'église, de façon qu'elle fît le tour de la salle.

— C'est une feuille de bouleau, dit maître Jacques Charmolue. Nouvelle preuve de la magie.

Cette observation concluante parut dissiper tous les doutes de l'auditoire.

— Messieurs ont le dossier des pièces, ajouta l'avocat du roi en s'asseyant, ils peuvent consulter le dire de Phœbus de Châteaupers.

À ce nom l'accusée se leva. Sa tête dépassa la foule. Gringoire, épouvanté, reconnut la Esméralda.

Elle était pâle ; ses cheveux, autrefois si gracieusement nattés et pailletés de sequins, tombaient en désordre ; ses lèvres étaient bleues ; ses yeux creux effrayaient.

— Phœbus ! dit-elle avec égarement, où est-il ? Ô messeigneurs, avant de me tuer, par grâce, dites-moi s'il vit encore !

— Taisez-vous, femme ! répondit le président. Ce n'est pas là notre affaire.

— Oh ! par pitié, dites-moi s'il est vivant ! reprit-elle en joignant ses belles mains amaigries, et l'on entendait ses chaînes frissonner le long de sa robe.

— Eh bien ! dit sèchement l'avocat du roi, il se meurt. Êtes-vous contente ?

La malheureuse retomba sur sa sellette, sans voix, sans larmes, blanche comme une figure de cire.

— Huissier, introduisez la seconde accusée.

Tous les yeux se tournèrent vers une petite porte qui s'ouvrit, et, à la grande palpitation de Gringoire, donna passage à une jolie chèvre aux cornes et aux pieds d'or. L'élégante bête s'arrêta un moment sur le seuil, tendant le cou... Tout à coup elle aperçut la bohémienne et, sautant par-dessus la table et la tête d'un greffier, en deux bonds elle fut à ses genoux. Puis elle se roula gracieusement sur les pieds de sa maîtresse, sollicitant un mot ou une caresse, mais l'accusée resta immobile et la pauvre Djali elle-même n'eut pas un regard.

— Eh mais !... c'est ma vilaine bête, dit la vieille Falourdel, et je les reconnais bellement toutes les deux.

Jacques Charmolue intervint.

— S'il plaît à Messieurs, nous procéderons à l'interrogatoire de la chèvre.

C'était, en effet, la seconde accusée. Rien de plus simple alors qu'un procès de sorcellerie intenté à un animal.

Cependant, le procureur en cour d'église s'était écrié :

— Si le démon qui possède cette chèvre et qui a résisté à tous les exorcismes persiste dans ses maléfices, s'il en épouvante la cour, nous le prévenons que nous serons forcés de requérir contre lui le gibet ou le bûcher.

Gringoire eut la sueur froide. Charmolue prit sur une table le tambour de basque de la bohémienne, et, le présentant d'une certaine façon à la chèvre, il lui demanda :

— Quelle heure est-il ?

La chèvre le regarda d'un œil intelligent, leva son pied doré et frappa sept coups. Il était en effet sept heures. Un mouvement de terreur parcourut la foule. Gringoire n'y put tenir.

— Elle s'y perd ! cria-t-il tout haut. Vous voyez bien qu'elle ne sait ce qu'elle fait.

— Silence aux manants du bout de la salle !
dit aigrement l'huissier.

Jacques Charmolue, à l'aide des mêmes
manœuvres du tambourin, fit faire à la chèvre plusieurs autres mômeries, sur la date du
jour, le mois de l'année, etc., dont le lecteur
a déjà été témoin. Or, les spectateurs qui
peut-être avaient plus d'une fois applaudi dans
le carrefour aux innocentes malices de Djali,
en furent effrayés sous les voûtes du Palais
de Justice. La chèvre était décidément le
diable.

Ce fut bien pis encore, quand le procureur du
roi ayant vidé sur le carreau un certain sac de cuir
plein de lettres mobiles que Djali avait au cou,
on vit la chèvre extraire avec sa patte de l'alphabet épars ce nom fatal : Phœbus.

— Fille, vous êtes de race bohème, adonnée
aux maléfices. Vous avez, de complicité avec la
chèvre ensorcelée impliquée au procès, dans la
nuit du 29 mars dernier, meurtri et poignardé,
de concert avec les puissances des ténèbres, à

l'aide de charmes et de pratiques, un capitaine des archers de l'ordonnance du roi, Phœbus de Châteaupers. Persistez-vous à nier ?

— Horreur ! cria la jeune fille en cachant son visage de ses mains. Mon Phœbus ! Oh ! c'est l'enfer.

— Persistez-vous à nier ? demanda froidement le président.

— Si je le nie ! dit-elle d'un accent terrible, et elle s'était levée et son œil étincelait.

Maître Jacques Charmolue prit la parole avec douceur :

— Attendu l'obstination douloureuse de l'accusée, je requiers l'application de la question.

— Accordé, dit le président.

La malheureuse frémit de tout son corps, elle se leva pourtant à l'ordre des pertuisaniers et marcha d'un pas assez ferme, précédée de Charmolue et des prêtres de l'Officialité, entre deux rangs de hallebardes, vers une porte bâtarde qui s'ouvrit subitement et se referma sur elle.

L'audience fut suspendue.

XVII

LA QUESTION

APRÈS quelques degrés montés et descendus dans des couloirs si sombres qu'on les éclairait de lampes en plein jour, la Esméralda, toujours entourée de son lugubre cortège, fut poussée par les sergents du palais dans une chambre sinistre, sans autre ouverture que l'entrée. La clarté cependant n'y manquait point. Un four était pratiqué dans l'épaisseur du mur. Un gros feu y était allumé, qui remplissait le caveau de ses rouges réverbérations et dépouillait de tout rayonnement une misérable chandelle posée dans un coin. La herse de fer qui servait à fermer le four, levée en ce moment, ne laissait voir, à l'orifice du soupirail flamboyant sur le mur ténébreux, que l'extrémité inférieure de ses barreaux, comme une rangée de dents noires, aiguës et espacées, ce qui faisait ressembler la fournaise à l'une de ces bouches de dragons qui jettent des flammes dans les légendes.

À cette lumière, la prisonnière vit tout autour de la chambre des instruments effroyables dont elle ne comprenait pas l'usage. Au milieu gisait un matelas de cuir presque posé à terre sur lequel pendait une courroie à boucle, rattachée à un anneau de cuivre. Des tenailles, des pinces, de larges fers de charrue encombraient l'intérieur du four et rougissaient pêle-mêle sur la braise. Ce tartare s'appelait simplement la chambre de la question.

Sur le lit était nonchalamment assis Pierrat Torterue, le tourmenteur-juré. Ses valets, deux gnomes à face carrée, à tablier de cuir, à brayes de toile, remuaient la ferraille sur les charbons.

La pauvre fille avait eu beau recueillir son courage, en pénétrant dans cette chambre, elle éprouva un sentiment d'horreur.

Les sergents du bailli du Palais se rangèrent d'un côté, les prêtres de l'officialité de l'autre. Un greffier, une écritoire et une table étaient dans un coin. Maître Jacques Charmolue s'approcha de l'Égyptienne avec un sourire très doux.

— Ma chère enfant, dit-il, vous persistez donc à nier ?

— Oui, répondit-elle, d'une voix déjà éteinte.

— En ce cas, reprit Charmolue, il sera bien douloureux pour nous de vous questionner avec plus d'insistance que nous le voudrions. Veuillez prendre la peine de vous asseoir sur ce lit !

Cependant, la Esméralda restait debout. Ce lit de cuir, où s'étaient tordus tant de misérables, l'épouvantait. La terreur lui glaçait la moelle des os. Elle était là, effarée et stupide. À un signe de Charmolue, les deux valets la prirent et la posèrent assise sur le lit. Ils ne lui firent aucun mal, mais quand ces hommes la touchèrent, quand ce cuir la toucha, elle sentit tout son sang affluer vers son cœur. Elle jeta un regard égaré autour de la chambre.

— Où est le médecin ? demanda Charmolue.

— Ici ! répondit une robe noire.

— Monsieur le Procureur du roi, dit brusquement Pierrat, par où commençons-nous ?

Charmolue hésita un moment avec la grimace ambiguë d'un poète qui cherche une rime.

— Par le brodequin, dit-il enfin.

L'infortunée se sentit si profondément abandonnée de Dieu et des hommes que sa tête tomba sur sa poitrine comme une chose inerte qui n'a pas de force en soi. Le tourmenteur et le médecin s'approchèrent d'elle à la fois. En même temps, les deux valets se mirent à fouiller dans leur hideux arsenal. Cependant, les mains calleuses des valets de Pierrat Torterue avaient brutalement mis à nu cette jambe charmante, ce petit pied qui avaient tant de fois émerveillé les passants de leur gentillesse et de leur beauté dans les carrefours de Paris.

Bientôt la malheureuse vit, à travers un nuage qui se répandait sur ses yeux, approcher le brodequin ; bientôt elle vit son pied, emboîté entre les ais ferrés, disparaître sous l'effrayant appareil. Alors, la terreur lui rendit de la force.

— Ôtez-moi cela ! cria-t-elle avec emportement, en se dressant tout échevelée. Grâce !

Elle s'élança hors du lit pour se jeter aux pieds du procureur du roi, mais sa jambe était prise dans le lourd bloc de chêne et de ferrures, et elle s'affaissa sur le brodequin, plus brisée qu'une abeille qui aurait un plomb sur l'aile.

À un signe de Charmolue, on la replaça sur le lit et deux grosses mains assujettirent à sa fine ceinture la courroie qui pendait de la voûte.

— Une dernière fois, avouez-vous les faits de la cause ? demanda Charmolue.

— Je suis innocente.

— Faites ! dit Charmolue à Pierrat.

Pierrat tourna la poignée du cric, le brodequin se resserra et la malheureuse poussa un de ces horribles cris qui n'ont d'orthographe dans aucune langue humaine.

— Arrêtez, dit Charmolue à Pierrat. Avouez-vous ? dit-il à l'Égyptienne.

— Tout ! cria la misérable fille. J'avoue ! J'avoue ! Grâce !

Elle n'avait pas calculé ses forces en affrontant la question. Pauvre enfant, dont la vie jusqu'alors avait été si joyeuse, si suave, si douce, la première douleur l'avait vaincue.

— L'humanité m'oblige à vous dire, observa le procureur du roi, qu'en avouant c'est la mort que vous devez attendre.

— Je l'espère bien, dit-elle. Et elle retomba sur le lit de cuir, mourante, pliée en deux, se laissant pendre à la courroie bouclée sur sa poitrine.

Jacques Charmolue éleva la voix.

— Greffier, écrivez. Jeune fille bohème, vous avouez votre participation aux agapes, sabbats et maléfices de l'enfer avec les larves, les masques et les stryges ? Répondez.

— Oui, dit-elle, si bas que sa parole se perdait dans son souffle.

— Vous avouez avoir vu le bélier que Belzébuth fait paraître dans les nuées pour rassembler le sabbat et qui n'est vu que des sorciers !

— Oui.

— Vous avouez avoir eu commerce habituel avec le diable sous la forme d'une chèvre familière, jointe au procès ?

— Oui.

— Enfin, vous avouez et confessez avoir, à l'aide du démon, dans la nuit du vingt-neuvième mars dernier, meurtri et assassiné un capitaine nommé Phœbus de Châteaupers ?

Elle leva sur le magistrat ses grands yeux fixes

et répondit comme machinalement, sans convulsion et sans secousse :

— Oui.

Il était évident que tout était brisé en elle.

— Écrivez, greffier, dit Charmolue. Et s'adressant aux tortionnaires :

— Qu'on détache la prisonnière et qu'on la ramène à l'audience.

Quand elle rentra, pâle et boitant, dans la salle d'audience, un murmure général de plaisir l'accueillit. De la part de l'auditoire, c'était ce sentiment d'impatience satisfaite qu'on éprouve au théâtre à l'expiration du dernier entracte de la comédie. De la part des juges, c'était espoir de bientôt souper. La petite chèvre aussi bêla de joie. Elle voulut courir vers sa maîtresse, mais on l'avait attachée au banc.

Esméralda s'était traînée à sa place. Charmolue s'installa magistralement à la sienne, s'assit, puis se releva, et dit :

— L'accusée a tout avoué.

— Fille bohème, reprit le président, vous avez avoué tous vos faits de magie et d'assassinat sur Phœbus de Châteaupers ?

Son cœur se serra. On l'entendit sangloter dans l'ombre.

— Tout ce que vous voudrez, répondit-elle faiblement, mais tuez-moi vite.

Maître Charmolue exhiba un effrayant cahier et se mit à lire, avec force gestes et l'accentuation exagérée de la plaidoirie, une oraison en latin.

On alla aux voix sans quitter la salle. Les juges opinèrent du bonnet, ils étaient pressés. Alors la malheureuse entendit le peuple se remuer et une voix glaciale qui disait :

— Fille bohème, le jour qu'il plaira au roi notre sire, à l'heure de midi, vous serez menée dans un tombereau en chemise, pieds nus, la corde au cou, devant le grand portail de Notre-Dame, et y ferez amende honorable avec une torche de cire du poids de deux livres à la main, et de là, serez menée en place de Grève, où vous serez pendue et étranglée au gibet de la ville et votre chèvre pareillement, et paierez à l'Official trois lions d'or, en réparation des crimes, par vous commis et par vous confessés, de sorcellerie, de magie et de meurtre sur la personne du sieur Phœbus de Châteaupers. Dieu ait votre âme !

— Oh ! c'est un rêve ! murmura-t-elle, et elle sentit de rudes mains qui l'emportaient.

Quand elle se retrouva dans sa geôle, ce ne fut pas pour elle qu'elle regretta l'air et le soleil. La pauvre enfant pensait à un autre tombeau, dans lequel gisait son bien-aimé.

Elle s'accusait de l'avoir mené à sa perte ! S'il ne l'eût pas connue, il ne se fût pas rendu chez la Falourdel. Ah ! il était si beau, ce soir-là, avec ses éperons étincelants !

À ces évocations, elle tomba, la face contre terre, submergée par le désespoir.

XVIII

UN CŒUR VOLAGE

Pʜœʙᴜs cependant n'était pas mort. Les hommes de cette espèce ont la vie dure. Quand maître Philippe Lheulier, avocat extraordinaire du roi, avait dit à la pauvre Esméralda : « Il se meurt », c'était par erreur ou par plaisanterie.

Ce n'est pas que la blessure de Phœbus n'eût pas été grave, mais elle l'avait été moins que ne put le croire l'assaillant. Le maître-mire chez lequel les soldats du guet l'avaient transporté dans le premier moment avait craint huit jours pour sa vie. Toutefois, la jeunesse avait repris le dessus ; et la nature s'était amusée à sauver le malade à la barbe du médecin.

C'est tandis qu'il gisait encore sur le grabat du maître-mire qu'il avait subi les premiers interrogatoires de Philippe Lheulier et des enquêteurs de l'Official, ce qui l'avait fort ennuyé. Aussi, un beau matin, se sentant mieux, avait-il laissé ses éperons d'or en paiement au pharmacopole et s'était-il esquivé. Cela, du reste, n'avait apporté aucun trouble à l'instruction de l'affaire. Les juges avaient assez de preuves contre la Esméralda. Ils avaient cru Phœbus mort et tout avait été dit.

Phœbus, de son côté, n'avait pas fait une grande fuite. Il était allé tout simplement rejoindre sa compagnie en garnison à Queuc-en-Brie, dans l'Ile-de-France, à quelques relais de Paris.

Après tout, il ne lui agréait nullement de comparaître en personne dans ce procès. Il sentait vaguement qu'il y ferait une mine ridicule. Au fond, il ne savait trop que penser de toute l'affaire. Indévot et superstitieux, il n'était pas rassuré sur la chèvre, sur la façon bizarre dont il avait fait rencontre avec la Esméralda, sur la manière non moins étrange dont elle lui avait laissé deviner son amour, sur sa qualité d'Égyptienne. Il entrevoyait dans cette histoire beaucoup plus de magie que d'amour !

Fleur-de-Lys était son avant-dernière passion, une jolie fille, une charmante dot. Donc un beau matin, tout à fait guéri et présumant bien qu'après deux mois l'affaire de la bohémienne devait être finie et oubliée, l'amoureux cavalier arriva en piaffant à la porte du logis Gondelaurier.

Il ne fit pas attention à une cohue assez nombreuse qui s'amassait dans la place du Parvis, devant le portail de Notre-Dame ; il se souvint qu'on était au mois de mai, il supposa quelque procession, quelque Pentecôte, quelque fête, attacha son cheval à l'anneau du porche et monta joyeusement chez sa belle fiancée.

Elle était seule avec sa mère.

Fleur-de-Lys avait toujours sur le cœur la scène de la sorcière, sa chèvre, son alphabet maudit, et les longues absences de Phœbus. Cependant, quand elle vit entrer son capitaine, elle lui trouva si bonne mine et un air si passionné qu'elle rougit de plaisir. La noble damoiselle était elle-même plus charmante que jamais. Ses magnifiques cheveux dorés étaient nattés à ravir ; elle était toute vêtue de ce bleu ciel qui va si bien aux blondes et avait l'œil noyé dans cette langueur d'amour qui leur va mieux encore.

La jeune fille était assise près de la fenêtre, brodant sur tapisserie une grotte de Neptunus. Le capitaine se tenait appuyé au dossier de sa chaise et elle lui adressait à demi-voix ses caressantes gronderies. Mais le jeune homme, plongeant du regard sur la place, observait :

— Voilà bien du monde !

— Il paraît, dit Fleur-de-Lys, qu'une sorcière va faire amende honorable ce matin devant l'église, pour être pendue après.

Le capitaine croyait si bien l'affaire de la Esméralda terminée qu'il s'émut fort peu des paroles de Fleur-de-Lys.

Il lui fit cependant une ou deux questions :

— Comment s'appelle cette sorcière ?

— Je ne sais pas, répondit-elle.

— Et que dit-on qu'elle ait fait ?

Elle haussa encore cette fois ses blanches épaules.

— Je ne sais pas.

— Oh ! mon Dieu Jésus, dit la mère, il y a tant de sorciers maintenant qu'on les brûle, je crois, sans savoir leurs noms.

— Phœbus, dit tout à coup Fleur-de-Lys à voix basse, nous devons nous marier dans trois mois ; jurez-moi que vous n'avez jamais aimé d'autre femme que moi.

— Je vous le jure, bel ange ! répondit Phœbus et son regard passionné se joignait, pour convaincre Fleur-de-Lys, à l'accent sincère de sa voix.

En ce moment, midi sonna lentement à l'horloge de Notre-Dame. Un murmure de satisfaction éclata dans la foule.

Dans la fatale voiture, une jeune fille était assise, les bras liés derrière le dos. Elle était en chemise, ses longs cheveux noirs tombaient épars sur sa gorge et sur ses épaules à demi-découvertes.

À travers cette ondoyante chevelure, plus luisante qu'un plumage de corbeau, on voyait se tordre et se nouer une grosse corde grise et rugueuse qui écorchait ses fragiles clavicules et se roulait autour du cou charmant de la pauvre fille comme un ver de terre sur une fleur. Sous cette corde brillait une petite amulette ornée de verroteries vertes qu'on lui avait laissée sans doute parce qu'on ne refuse plus rien à ceux qui vont mourir. À ses pieds, il y avait une petite chèvre garrottée. La condamnée retenait avec ses dents sa chemise mal attachée. On eût dit qu'elle souffrait encore dans sa misère d'être ainsi livrée presque nue à tous les yeux.

— Jésus ! dit vivement Fleur-de-Lys au capitaine. Regardez donc, beau cousin ! C'est cette vilaine bohémienne à la chèvre.

En parlant ainsi, elle se retourna vers Phœbus. Il avait les yeux fixés sur le tombereau. Il était très pâle.

— Quelle bohémienne à la chèvre ? dit-il en balbutiant.

— Comment ? reprit Fleur-de-Lys, est-ce que vous ne vous souvenez pas ?...

Phœbus l'interrompit :

— Je ne sais pas ce que vous voulez dire.

Il fit un pas pour rentrer.

— Restez, reprit-elle impérieusement, et voyons jusqu'à la fin.

Force fut au malheureux capitaine de demeurer. Le tombereau était entré dans le Parvis. Devant le portail central de la cathédrale, il s'arrêta. La foule fit silence et, au milieu de ce silence plein de solennité et d'anxiété, les deux battants de la grande porte tournèrent, comme d'eux-mêmes, sur leurs gonds qui grincèrent avec un bruit de fifre. Alors, on vit dans toute sa longueur la profonde église, sombre, tendue de deuil, à peine éclairée de quelques cierges scintillant au loin sur le maître-autel.

La malheureuse effarée, semblait perdre sa vue et sa pensée dans les obscures entrailles de l'église. Ses lèvres blanches remuaient comme si elles priaient, et quand le valet du bourreau s'approcha d'elle pour l'aider à descendre du tombereau, il l'entendit qui répétait à voix basse ce mot :

Phœbus. On lui délia les mains, on la fit descendre, accompagnée de sa chèvre, qu'on avait déliée aussi et qui bêlait de joie de se sentir libre, et on la fit marcher pieds nus sur le dur pavé jusqu'au bas des marches du portail. La corde qu'elle avait au cou traînait derrière elle.

Alors le chant s'interrompit dans l'église. Une grande croix d'or et une file de cierges se mirent en mouvement dans l'ombre. On entendit sonner la hallebarde des suisses bariolés et, quelques moments après, une longue procession de prêtres en chasubles et de diacres en dalmatiques, qui venait gravement et en psalmodiant vers la condamnée, se développa à sa vue et aux yeux de la foule. Mais son regard s'arrêta à celui qui marchait en tête, immédiatement après le porte-croix.

— Oh ! dit-elle tout bas en frissonnant, c'est encore lui ! Le prêtre.

C'était en effet l'archidiacre.

Au moment où il parut au grand jour sous le haut portail en ogive, enveloppé d'une vaste chape d'argent, il était si pâle que plus d'un pensa dans la foule que c'était un des évêques de marbre, agenouillés sur les pierres sépulcrales du chœur, qui s'était levé et qui venait recevoir au seuil de la tombe celle qui allait mourir.

L'archidiacre s'approcha lentement. Puis il dit à haute voix :

— Jeune fille, avez-vous demandé à Dieu pardon de vos fautes et de vos manquements ?

Elle le regarda fixement sans répondre.

Alors levant la main sur l'Égyptienne, il s'écria d'une voix funèbre :

— *I nunc, anima anceps, et sit tibi Deus misericors !*

C'était la redoutable formule dont on avait coutume de clore ces sombres cérémonies. C'était le signal convenu du prêtre au bourreau.

La malheureuse, au moment de remonter dans le tombereau fatal et de s'acheminer vers sa dernière station, fut prise peut-être de quelque déchirant regret de la vie. Elle leva ses yeux rouges et secs vers le ciel, vers le soleil, vers les nuages d'argent coupés çà et là de trapèzes et de triangles bleus, puis elle les abaissa autour d'elle sur la terre, sur la foule, sur les maisons...

Tout à coup, tandis que l'homme jaune lui liait les coudes, elle poussa un cri terrible, un cri de joie. À ce balcon, là-bas, à l'angle de la place, elle venait de l'apercevoir, lui, son ami, son seigneur, Phœbus ! Le juge avait menti. Le prêtre avait menti. C'était bien lui, elle n'en pouvait douter ; il était là, beau, vivant, revêtu de son éclatante livrée, la plume en tête, l'épée au côté.

— Phœbus ! cria-t-elle, mon Phœbus !

Et elle voulut tendre vers lui ses bras tremblants d'amour et de ravissement, mais ils étaient attachés.

Alors elle vit le capitaine se tourner vers une belle jeune fille qui s'appuyait au balcon, à ses côtés. Elle devina qu'il prononçait quelques mots. Tous deux s'éclipsèrent précipitamment derrière le vitrail du balcon qui se referma.

— Phœbus, cria-t-elle éperdue, est-ce que tu le crois ?

Une pensée monstrueuse venait de lui apparaître. Elle se souvenait qu'elle avait été condamnée pour meurtre sur la personne de Phœbus de Châteaupers.

Elle avait tout supporté jusque-là. Mais ce dernier coup était trop rude. Elle tomba sans mouvement sur le pavé.

— Allons, dit Charmolue, portez-la dans le tombereau et finissons.

Personne n'avait encore remarqué, dans la galerie des statues des rois, sculptés immédiatement au-dessus des ogives du portail, un spectateur étrange qui avait tout examiné jusqu'alors avec une telle impassibilité, avec un cou si tendu, avec un visage si difforme que, sans son accoutrement mi-parti rouge et violet, on eût pu le prendre pour un de ces monstres de pierre par la gueule desquels se dégorgent depuis six cents ans les longues gouttières de la cathédrale.

Ce spectateur n'avait rien perdu de ce qui s'était passé depuis midi devant le portail de Notre-Dame. Et dès les premiers instants, sans que personne songeât à l'observer, il avait fortement attaché à l'une des colonnettes de la galerie une grosse corde à nœuds, dont le bout allait traîner en bas sur le perron. Au moment où les valets du maître des œuvres se disposaient à exécuter l'ordre flegmatique de Charmolue, il enjamba la balustrade de la galerie, saisit la corde des pieds, des genoux et des mains, puis on le vit

couler sur la façade comme une goutte de pluie que glisse le long d'une vitre, courir vers les deux bourreaux avec la vitesse d'un chat tombé d'un toit, les terrasser sous deux poings énormes, enlever l'Égyptienne d'une main et, d'un seul élan rebondir jusque dans l'église en élevant la jeune fille au-dessus de sa tête et en criant d'une voix formidable :

— Asile !

— Asile ! asile ! répéta la foule, et dix mille battements de mains firent étinceler de joie et de fierté l'œil unique de Quasimodo.

Cette secousse fit revenir à elle la condamnée. Elle souleva sa paupière, regarda Quasimodo, puis la referma subitement, comme épouvantée par son sauveur.

Charmolue resta stupéfait, et les bourreaux, et toute l'escorte. En effet, dans l'enceinte de Notre-Dame, la condamnée était inviolable. La cathédrale était un lieu de refuge. Toute justice humaine expirait sur le seuil.

Quasimodo s'était arrêté sous le grand portail. Il tenait la jeune fille toute palpitante suspendue à ses mains calleuses ; mais il la portait avec tant de précaution qu'il paraissait craindre de la briser ou de la faner. Son œil de gnome, abaissé sur elle, l'inondait de tendresse, de douleur et de pitié, et se relevait subitement plein d'éclairs.

Les femmes riaient et pleuraient, la foule trépignait d'enthousiasme, car, en ce moment-là, Quasimodo avait vraiment sa beauté. Il était beau, lui, cet orphelin, cet enfant trouvé, ce rebut ; il se sentait auguste et fort ; il regardait en face cette société dont il était banni et dans laquelle il intervenait si puissamment, cette justice humaine à laquelle il avait arraché sa proie, tous ces tigres forcés de mâcher à vide, ces sbires, ces juges, ces bourreaux, toute cette force du roi qu'il venait de briser, lui infirme, avec la force de Dieu.

Après quelques minutes de triomphe, Quasimodo s'était brusquement enfoncé dans l'église avec son fardeau. Le peuple, amoureux de toute prouesse, le cherchait des yeux sous la sombre nef, regrettant qu'il se fût si vite dérobé à ses acclamations.

Tout à coup, on le vit reparaître à l'une des extrémités de la galerie des rois de France. Un moment après, il reparut sur la plate-forme supérieure, toujours l'Égyptienne dans ses bras, toujours courant avec folie, toujours criant : « Asile ! Asile ! » Et la foule applaudissait.

Enfin, il fit une troisième apparition sur le sommet de la tour du bourdon ; de là, il sembla montrer avec orgueil à toute la ville celle qu'il avait sauvée, et sa voix tonnante, cette voix qu'on entendait si rarement et qu'il n'entendait jamais, répéta trois fois avec frénésie jusque dans les nuages : « Asile ! asile ! asile ! »

— Noël ! Noël ! criait le peuple de son côté.

XIX

LE DROIT D'ASILE

Toute ville au Moyen Age avait ses lieux d'asile. Les palais du roi, les hôtels des princes, les églises surtout avaient droit d'asile. Quelquefois, d'une ville tout entière qu'on avait besoin de repeupler, on faisait temporairement un lieu de refuge. Louis XI rendit Paris asile en 1467.

Une fois le pied dans l'asile, le criminel était sacré ; mais il fallait qu'il se gardât d'en sortir. Un pas hors du sanctuaire, il retombait dans le flot. La roue, le gibet, l'estrapade faisaient bonne garde à l'entour du lieu de refuge et guettaient sans cesse leur proie comme les requins autour du vaisseau. On a vu des condamnés qui blanchissaient ainsi dans un cloître, sur l'escalier d'un palais, dans la culture d'une abbaye, sous un porche d'église ; de cette façon, l'asile était une prison comme une autre. Il arrivait quelquefois qu'un arrêt solennel du parlement violât le refuge et restituât le condamné au bourreau ; mais la chose était rare.

Les églises avaient d'ordinaire une logette préparée pour recevoir les suppliants. À Notre-Dame, c'était une cellule établie sur les combles des bas-côtés, sous les arcs-boutants en regard du cloître.

C'est là qu'après sa course effrénée et triomphale sur les tours et les galeries, Quasimodo avait déposé la Esméralda. Tant que cette course avait duré, la jeune fille n'avait pu reprendre ses sens, à demi assoupie, à demi éveillée, ne sentant plus rien sinon qu'elle montait dans l'air, qu'elle y flottait, qu'elle y volait, que quelque chose l'enlevait au-dessus de la terre.

Mais quand le sonneur de cloches, échevelé et haletant, l'eut déposée dans la cellule du refuge, quand elle sentit ses grosses mains détacher doucement la corde qui lui meurtrissait les bras, ses pensées se réveillèrent et lui revinrent une à une. Elle vit qu'elle était dans Notre-Dame ; elle se souvint d'avoir été arrachée des mains du bourreau, que Phœbus était vivant, que Phœbus ne l'aimait plus ; et ces deux idées, dont l'une répandait tant d'amertume sur l'autre, se présentant ensemble à la pauvre condamnée, elle se tourna vers Quasimodo, qui se tenait debout devant elle et qui lui faisait peur. Elle lui demanda :

— Pourquoi m'avez-vous sauvée ?

Il la regarda avec anxiété, comme cherchant à deviner ce qu'elle lui disait. Elle répéta sa question. Alors il lui jeta un coup d'œil profondément triste et s'enfuit.

Elle resta étonnée.

Quelques moments après il revint, apportant un paquet qu'il jeta à ses pieds. C'étaient des vêtements que des femmes charitables avaient déposés pour elle au seuil de l'église. Alors elle abaissa ses yeux sur elle-même, se vit presque nue et rougit. Quasimodo s'éloigna encore une fois, mais à pas lents. Elle se hâta de se vêtir. C'était une robe blanche avec un voile blanc. Un habit de novice de l'Hôtel-Dieu.

Elle achevait à peine qu'elle vit revenir Quasimodo. Il portait un panier sous un bras et un matelas sous l'autre. Il y avait dans le panier une bouteille, du pain et quelques provisions. Il posa le panier à terre et dit : « Mangez ». Il étendit le matelas sur la dalle et dit : « Dormez ». C'était son propre repas, c'était son propre lit que le sonneur de cloches avait été chercher.

L'Égyptienne leva les yeux sur lui pour le remercier, mais elle ne put articuler un mot. Le pauvre diable était vraiment horrible. Elle baissa la tête avec un tressaillement d'effroi.

Alors il lui dit :

— Je vous fais peur. Je suis bien laid, n'est-ce pas ? Ne me regardez point. Écoutez-moi seulement. Le jour, vous resterez ici ; la nuit, vous pouvez vous promener par toute l'église. Mais ne sortez de l'église ni jour ni nuit. Vous seriez perdue. On vous tuerait et je mourrais.

Émue, elle leva la tête pour lui répondre. Il avait disparu. Elle se retrouva seule, rêvant aux paroles singulières de cet être presque monstrueux et frappée du son de sa voix, qui était si rauque et pourtant si douce.

Puis elle examina sa cellule. C'était une chambre de quelque six pieds carrés, avec une petite lucarne et une porte sur le plan légèrement incliné du toit en pierres plates. De là, elle apercevait le haut de mille cheminées qui faisaient monter sous ses yeux les fumées de tous les feux de Paris. Triste spectacle pour la pauvre Égyptienne, enfant trouvée, condamnée à mort, malheureuse créature, sans patrie, sans famille, sans foyer.

Au moment où la pensée de son isolement lui apparaissait ainsi plus poignante que jamais, elle sentit une tête velue et barbue se glisser dans ses mains, sur ses genoux. Elle tressaillit (tout l'effrayait maintenant) et regarda. C'était la pauvre chèvre, l'agile Djali, qui s'était échappée à sa suite. L'Égyptienne la couvrit de baisers.

— Oh ! Djali, disait-elle, comme je t'ai oubliée ! Tu songes donc toujours à moi. Oh ! tu n'es pas ingrate, toi.

En même temps, comme si une main invisible eût soulevé le poids qui comprimait ses larmes dans son cœur depuis si longtemps, elle se mit à pleurer ; et à mesure que ses larmes coulaient, elle sentait s'en aller avec elles ce qu'il y avait de plus âcre et de plus amer dans sa douleur.

XX

LE VER DE TERRE À L'ÉTOILE

L E lendemain matin, elle s'aperçut en s'éveillant qu'elle avait dormi. Cette chose singulière l'étonna. Il y avait si longtemps qu'elle était déshabituée du sommeil ! Un joyeux rayon du soleil levant entrait par sa lucarne et lui venait frapper le visage. En même temps que le soleil, elle vit à cette lucarne un objet qui l'effraya : la malheureuse figure de Quasimodo. Involontairement, elle referma les yeux, mais en vain ; elle croyait toujours voir à travers sa paupière rose ce masque de gnome borgne et brèche-dent. Alors, tenant toujours ses yeux fermés, elle entendit une rude voix qui lui disait très doucement :

— N'ayez pas peur. Je suis votre ami. J'étais venu vous voir dormir. Cela ne vous fait pas de mal, n'est-ce pas, que je vienne vous voir dormir ? Qu'est-ce que cela vous fait que je sois là quand vous avez les yeux fermés ? Maintenant, je vais m'en aller. Tenez, je me suis mis derrière le mur. Vous pouvez rouvrir les yeux.

Il y avait quelque chose de plus plaintif encore que ces paroles, c'était l'accent dont elles étaient prononcées. L'Égyptienne touchée ouvrit les yeux. Il n'était plus en effet à la lucarne. Elle alla à cette lucarne et vit le pauvre bossu blotti à un angle de mur, dans une attitude douloureuse et résignée. Elle fit un effort pour surmonter la répugnance qu'il lui inspirait.

— Venez ! lui dit-elle doucement.

Au mouvement des lèvres de l'Égyptienne, Quasimodo crut qu'elle le chassait ; alors il se leva et se retira en boitant, lentement, la tête baissée sans même oser lever sur la jeune fille son regard plein de désespoir.

— Venez donc ! cria-t-elle.

Mais il continuait de s'éloigner. Alors elle se jeta hors de sa cellule, courut à lui et lui prit le bras. En se sentant touché par elle, Quasimodo trembla de tous ses membres. Il releva son œil suppliant, et voyant qu'elle le ramenait près d'elle, toute sa face rayonna de joie et de tendresse. Elle voulut le faire entrer dans sa cellule, mais il s'obstina à rester sur le seuil.

— Non, non, protesta-t-il, le hibou n'entre pas dans le nid de l'alouette.

Alors elle s'accroupit gracieusement sur sa couchette avec sa chèvre endormie à ses pieds. Tous deux restèrent quelques instants immobiles, considérant sans mot dire, lui tant de grâce, elle tant de laideur.

Il rompit le premier le silence.

— Vous me disiez donc de revenir ?

Elle fit un signe de tête affirmatif, en disant :

— Oui.

Il comprit le signe de tête.

— Hélas ! dit-il, comme hésitant à achever, c'est que... je suis sourd.

— Pauvre homme ! s'écria la bohémienne avec une expression de bienveillante pitié.

— Oui, je suis sourd. Mais vous me parlerez par gestes, par signes. J'ai un maître qui cause avec moi de cette façon. Et puis je saurai bien vite votre volonté au mouvement de vos lèvres, à votre regard.

— Eh bien ! reprit-elle en souriant, dites-moi pourquoi vous m'avez sauvée ?

Il la regarda attentivement tandis qu'elle parlait.

— J'ai compris, répondit-il. Vous me demandez pourquoi je vous ai sauvée. Vous avez oublié un misérable qui a tenté de vous enlever une nuit, un misérable à qui le lendemain même vous avez porté secours sur leur infâme pilori. Une goutte d'eau et un peu de pitié. Voilà plus que je n'en paierai avec ma vie. Vous avez oublié ce misérable, lui s'en est souvenu.

Elle l'écoutait avec un attendrissement profond. Une larme roulait dans l'œil du sonneur, mais elle n'en tomba pas. Il parut mettre une sorte de point d'honneur à la dévorer.

— Écoutez, reprit-il, quand il ne craignit plus que cette larme s'échappât, nous avons là des tours bien hautes, un homme qui en tom-

berait serait mort avant de toucher le pavé ;
quand il vous plaira que j'en tombe, vous
n'aurez pas même un mot à dire, un coup d'œil
suffira.

XXI

GRINGOIRE A PLUSIEURS BONNES IDÉES

Depuis que Pierre Gringoire avait vu comment toute cette affaire tournerait et que, décidément, il y aurait corde, pendaison et autres désagréments pour les personnages principaux de cette comédie, il ne s'était plus soucié de s'en mêler. Les truands parmi lesquels il était resté, considérant qu'en dernier résultat c'était la meilleure compagnie de Paris, les truands avaient continué à s'intéresser à l'Égyptienne. Il avait appris par leurs propos que son épousée au pot cassé s'était réfugiée dans Notre-Dame et il en était bien aise. Mais il n'avait pas la tentation d'y aller voir. Il songeait quelquefois à la petite chèvre, et c'était tout.

Un jour il s'était arrêté près de Saint-Germain-l'Auxerrois quand il sentit une main se poser gravement sur son épaule. Il se retourna. C'était son ancien ami, son ancien maître, Monsieur l'Archidiacre ! L'archidiacre garda quelques instants un silence pendant lequel Gringoire eut le loisir de l'observer. Il trouva dom Claude bien changé, pâle comme un matin d'hiver, les yeux caves, les cheveux presque blancs. Ce fut le prêtre qui rompit, enfin, le silence en disant d'un ton tranquille, mais glacial :

— Comment vous portez-vous, maître Pierre ?

— Ma santé ? répondit Gringoire. Hé ! hé ! on peut dire ceci et cela. Toutefois, l'ensemble est bon.

— Vous n'avez donc aucun souci, maître Pierre ? reprit l'archidiacre en regardant fixement Gringoire.

— Ma foi, non.

Le prêtre se mit à sourire, de ce sourire amer qui ne relève qu'une des extrémités de la bouche.

— Vous êtes donc heureux ?

Gringoire répondit avec feu :

— En honneur, oui.

— Et vous ne désirez rien ?

— Non.

— Et vous ne regrettez rien ?

— Ni regret ni désir. J'ai arrangé ma vie.

— Et comment la gagnez-vous, votre vie ?

— Je fais encore çà et là des épopées et des tragédies ; mais ce qui me rapporte le plus, c'est l'industrie que vous me connaissez, mon maître. Porter des pyramides de chaises sur mes dents.

— Le métier est grossier pour un philosophe.

— C'est encore de l'équilibre, dit Gringoire. Après un silence, le prêtre reprit :

— Pierre Gringoire, qu'avez-vous fait de cette petite danseuse égyptienne ? N'était-elle pas votre femme ?

— Oui, au moyen d'une cruche cassée. Nous en avions pour quatre ans.

— Eh bien ! qu'est-elle devenue ? qu'en avez-vous fait ?

— Je ne vous le dirai pas. Je crois qu'ils l'ont pendue.

— Vous croyez ?

— Je ne suis pas sûr. Quand j'ai vu qu'ils voulaient pendre les gens, je me suis retiré du jeu.

— C'est là tout ce que vous en savez ?

— Attendez donc. On m'a dit qu'elle s'était réfugiée dans Notre-Dame, et qu'elle y était en sûreté, et j'en suis ravi, et je n'ai pu découvrir si la chèvre s'était sauvée avec elle, et c'est tout ce que j'en sais.

— Je vais vous en apprendre davantage, cria dom Claude, et sa voix, jusqu'alors basse, lente et presque sourde, était devenue tonnante. Elle est en effet réfugiée dans Notre-Dame. Mais dans trois jours, la justice l'y reprendra et elle sera pendue en Grève. Il y a arrêt du Parlement.

Le prêtre, en un clin d'œil, était redevenu froid et calme.

Gringoire eut assez de présence d'esprit pour observer banalement que l'affaire décidément prenait un mauvais tour. Il ne regrettait pas de n'y être pas mêlé davantage. Cependant il éprouvait à l'égard du prêtre — véritable Satan sous l'habit sacré — une sorte de répulsion mêlée de terreur. Tout en réfléchissant plus qu'il n'avait fait peut-être en toute son existence de philosophe, il questionna d'un air distrait :

— La petite chèvre est-elle avec la fille ?

— Oui ! Que le diable t'emporte. Qu'est-ce que cela te fait ?

Il semblait ne penser qu'à la chèvre, alors que l'idée se levait en lui, l'embrasait au point qu'il se fût mis à danser de joie s'il eût été hors du terrible regard scrutateur.

Mais ayant quitté l'inquiétant archidiacre, il se demanda quelle raison avait poussé ce dernier à lui apprendre où avait trouvé refuge la Esméralda et, d'autre part, à l'avertir que, d'ici trois jours, la justice reprendrait ses droits. Pourtant, quel autre que dom Frollo avait pu solliciter et obtenir cet arrêt du Parlement ?

Et voilà qu'il avait l'air de vouloir la sauver ?

Quoi qu'il en fût, et puisque l'archidiacre lui avait en quelque sorte suggéré de sauver la chère petite à qui lui-même, Gringoire, devait la vie, il s'agissait de mettre à profit les circonstances. Le plan imaginé durant sa conversation avec son ancien maître se développait à mesure que, à grandes enjambées, il se rapprochait du royaume de truanderie.

XXII

VEILLÉE D'ARMES

L E lecteur n'a peut-être pas oublié qu'une partie de la Cour des Miracles était enclose par l'ancien mur d'enceinte de la ville, dont bon nombre de tours commençaient dès cette époque à tomber en ruine. L'une de ces tours avait été convertie en lieu de plaisir par les truands. Il y avait cabaret dans le sous-sol. Cette tour était le point le plus vivant et par conséquent le plus hideux de la truanderie. C'était une sorte de ruche monstrueuse qui y bourdonnait nuit et jour.

Un soir, au moment où le couvre-feu sonnait à tous les beffrois de Paris, les sergents du guet, s'il leur eût été permis d'entrer dans la redoutable Cour des Miracles, auraient pu remarquer qu'il se faisait dans la taverne des truands plus de tumulte qu'à l'ordinaire, qu'on y buvait plus et qu'on y jurait mieux. Au-dehors, il y avait, dans la place, force groupes qui s'entretenaient à voix basse comme lorsqu'il se trame un grand dessein. Cependant, dans la taverne même, le vin et le jeu étaient une si puissante diversion aux idées qui occupaient ce soir-là la truanderie qu'il eût été difficile de deviner aux propos des buveurs de quoi il s'agissait.

Quelle que fût la confusion, après le premier coup d'œil, on pouvait distinguer dans cette multitude trois groupes principaux qui se pressaient autour de trois personnages que le lecteur connaît déjà. L'un de ces personnages, bizarrement accoutré de maint oripeau oriental, était Mathias Hungadi Spicali, duc d'Égypte et de Bohême. Une autre cohue s'épaississait autour de notre ancien ami, le vaillant roi de Thunes armé jusqu'aux dents. Clopin Trouillefou, d'un air très sérieux et à voix basse, réglait le pillage d'une énorme futaille pleine d'armes largement défoncée devant lui. Chacun prenait au tas, qui le morion, qui l'estoc, qui la miséricorde à poignée en croix. Les enfants eux-mêmes s'armaient et il y avait jusqu'à des culs-de-jatte qui, bardés et cuirassés, passaient entre les jambes des buveurs comme de gros scarabées.

Enfin, un troisième auditoire, le plus bruyant, le plus jovial et le plus nombreux, encombrait les bancs et les tables au milieu desquels pérorait et jurait une voix en flûte qui s'échappait de dessous une pesante armure complète du casque aux éperons. On ne voyait plus de sa personne qu'un nez effronté, rouge, et une boucle de cheveux blonds, une bouche rose et des yeux hardis. Toutes les bouches alentour de lui riaient, sacraient et buvaient.

Il y avait parmi ce vacarme, au fond de la taverne, sur le banc intérieur de la cheminée, un philosophe qui méditait, les pieds dans la cendre et l'œil sur les tisons. C'était Pierre Gringoire.

— Allons, vite ! dépêchons, armez-vous ! On se met en marche dans une heure, disait Clopin Trouillefou à ses argotiers.

Une fille fredonnait. Deux joueurs de cartes se disputaient. La voix du jeune drôle armé de pied en cap dominait le brouhaha.

— Noël ! Noël ! criait-il. Mes premières armes aujourd'hui. Truand ! Je suis truand, versez-moi à boire. Mes amis, je m'appelle Jehan Frollo et je suis gentilhomme. Frère, nous allons faire une belle expédition. Nous sommes des vaillants. Assiéger l'église, enfoncer les portes, en tirer la belle fille, la sauver des juges, démanteler le cloître, nous ferons cela en moins de temps qu'il n'en faut à un bourgmestre pour manger une cuillère de soupe. Notre cause est juste, nous pillerons Notre-Dame et tout sera dit. Nous prendrons Quasimodo. Connaissez-vous Quasimodo, Mesdamoiselles ? L'avez-vous vu s'essouffler sur le bourdon un jour de grande Pentecôte ? On dirait un diable à cheval sur une gueule.

Clopin Trouillefou avait fini sa distribution d'armes. Il s'approcha de Gringoire, qui paraissait plongé dans une profonde rêverie, les pieds sur un chenêt.

— L'ami Pierre, dit le roi de Thunes, à qui, diable, penses-tu ?

— Je ne sais pas, répondit Gringoire. Je regarde le feu. Je découvre mille choses dans ces étoiles qui saupoudrent le fond noir de l'âtre.

Clopin sortit du cabaret.

Il y revint, criant d'une voix de tonnerre : Minuit. À ce mot, tous les truands, hommes, femmes, enfants, se précipitèrent en foule hors de la taverne avec un grand bruit d'armes et de ferrailles.

La lune s'était voilée. La Cour des Miracles était tout à fait obscure. Il n'y avait pas une lumière. Clopin monta sur une grosse pierre.

— À vos rangs, l'Argot ! cria-t-il. À vos rangs, l'Égypte ! À vos rangs, Galilée !

Un mouvement se fit dans l'ombre. L'immense multitude parut se former en colonne.

— Maintenant, silence pour traverser Paris. Le mot de passe est *Petite flambe en baguenaud*. On n'allumera les torches qu'à Notre-Dame. En marche !

XXIII

L'ASSAUT

C ETTE même nuit, Quasimodo ne dormait pas. Il venait de faire sa dernière ronde dans l'église. Il n'avait pas remarqué, au moment où il en fermait les portes, que l'archidiacre était passé près de lui et avait témoigné quelque humeur en le voyant verrouiller et cadenasser avec soin l'énorme armature de fer qui donnait à leurs larges battants la solidité d'une muraille. Dom Claude avait l'air encore plus préoccupé qu'à l'ordinaire. Il maltraitait constamment Quasimodo ; mais il avait beau le rudoyer, le frapper même quelquefois, rien n'ébranlait la soumission, la patience, la résignation dévouée du fidèle sonneur.

Cette nuit-là donc, Quasimodo, après avoir donné un coup d'œil à ses pauvres cloches si délaissées, était monté jusque sur le sommet de la tour septentrionale et là, posant sur les plombs sa lanterne sourde bien fermée, il s'était mis à regarder Paris. La nuit, nous l'avons déjà dit, était fort obscure. Paris qui n'était pour ainsi dire pas éclairé à cette époque présentait à l'œil un océan confus de masses noires, coupé çà et là par la courbe blanchâtre de la Seine. Quasimodo n'y voyait plus de lumière qu'à une fenêtre d'un édifice éloigné dont le vague et sombre profil se dessinait bien au-dessus des toits du côté de la Porte Saint-Antoine. Là aussi, il y avait quelqu'un qui veillait.

Tout en laissant flotter dans cet horizon de brume et de nuit son unique regard, le sonneur sentait au-dedans de lui-même une inexprimable inquiétude. Depuis plusieurs jours, il était sur ses gardes. Il voyait sans cesse rôder autour de l'église des hommes à mine sinistre qui ne quittaient pas des yeux l'asile de la jeune fille. Il songeait qu'il se tramait peut-être quelque complot contre la malheureuse réfugiée. Il se figurait qu'il y avait une haine populaire sur elle comme il y en avait une sur lui, et qu'il se pourrait bien qu'il arrivât bientôt quelque chose. Aussi se tenait-il sur son clocher, aux aguets.

Tout à coup, tandis qu'il scrutait la grande ville, il lui parut que la silhouette du quai de la Vieille-Pelleterie avait quelque chose de singulier, qu'il y avait un mouvement sur ce point.

Au moment où Quasimodo s'épuisait en conjectures, il lui sembla que le mouvement reparaissait dans la rue du Parvis, qui se prolonge dans la Cité perpendiculairement à la façade de Notre-Dame. Enfin, si épaisse que fût l'obscurité, il vit une tête de colonne déboucher par cette rue, et en un instant se répandre dans la place une foule dont on ne pouvait rien distinguer dans les ténèbres.

La foule semblait grossir à chaque instant dans le Parvis. Seulement, il présuma qu'elle ne devait faire que fort peu de bruit, puisque les fenêtres des rues et de la place restaient fermées. Tout à coup, une lumière brilla, et en un instant sept ou huit torches allumées se promenèrent sur les têtes en secouant dans l'ombre leurs touffes de flammes. Quasimodo vit alors distinctement moutonner dans le Parvis un effrayant troupeau d'hommes et de femmes en haillons, armés de faux, de piques, de serpes, dont les mille pointes étincelaient. Quasimodo ramassa sa lanterne et descendit sur la plate-forme d'entre les tours pour voir de plus près et aviser aux moyens de défense.

Clopin Trouillefou, arrivé devant le haut portail de Notre-Dame, avait, en effet, rangé sa troupe en bataille. Il monta sur le parapet du Parvis et éleva sa voix rauque :

— À toi, Louis de Beaumont, évêque de Paris, conseiller en cour de parlement, moi Clopin Trouillefou, roi de Thunes, prince de l'Argot, évêque des fous, je dis : « Notre sœur, faussement condamnée pour magie, s'est réfugiée dans ton église ; tu lui dois asile et sauvegarde ; or la cour de parlement l'y veut reprendre et tu y consens ; si bien qu'on la pendrait demain en Grève si Dieu et les truands n'étaient pas là. C'est pourquoi, nous te sommons de nous rendre la fille si tu veux sauver ton église, ou que nous reprendrons la fille et que nous pillerons l'église. Ce qui sera bien. En foi de quoi, je plante cy ma bannière, et Dieu te soit en garde, évêque de Paris. »

Quasimodo, malheureusement ne put entendre ces paroles prononcées avec une sorte de majesté sombre et sauvage. Un truand présenta sa bannière à Clopin, qui la planta solennellement entre deux pavés. C'était une fourche aux dents de laquelle pendait, saignant, un quartier de charogne.

Cela fait, le roi de Thunes se retourna et promena ses yeux sur son armée.

— En avant, fils ! cria-t-il. À la besogne, les hutins.

Trente hommes robustes, à membres carrés, à face de serruriers, sortirent des rangs avec des marteaux, des pinces et des barres de fer sur leurs épaules et ils commencèrent d'attaquer la principale porte de l'église, montèrent le degré, et bientôt on les vit tous accroupis sous l'ogive, travaillant la porte de pinces et de leviers. Mais la porte tenait bon.

— Courage, camarades ! criait Clopin. Tenez, je crois que la serrure se détraque.

Le roi de Thunes fut interrompu par un fracas effroyable qui retentit à ce moment derrière lui. Il se retourna. Une énorme poutre venait de tomber du ciel ; elle avait écrasé une douzaine de truands sur le degré de l'église et rebondissait sur le pavé avec le bruit d'une pièce de canon, en cassant encore çà et là des jambes dans la foule des gueux qui s'écartaient avec des cris d'épouvante. En un clin d'œil, l'enceinte réservée du Parvis fut vide.

Le roi de Thunes, le premier étonnement passé, trouva enfin une explication qui sembla plausible à ses compagnons.

— Est-ce que les chanoines se défendent ! Alors, à sac ! à sac !

— À sac ! répéta la cohue avec un hourra furieux. Et il se fit une décharge d'arbalètes et de hacquebutes sur la façade de l'église.

À cette détonation, les paisibles habitants des maisons circonvoisines se réveillèrent ; on vit plusieurs fenêtres s'ouvrir et des bonnets de nuit et des mains tenant des chandelles apparurent aux croisées.

— Tirez aux fenêtres ! cria Clopin.

— À sac ! répétaient les argotiers. Mais ils n'osaient approcher. Ils regardaient l'église, ils regardaient le madrier. Le madrier ne bougeait pas. L'édifice conservait son air calme et désert, mais quelque chose glaçait les truands.

— À l'œuvre donc, les hutins ! cria Trouillefou. Qu'on force la porte !

Personne ne fit un pas.

— Barbe et ventre ! dit Clopin. Voilà des hommes qui ont peur d'une solive.

Un vieux hutin lui adressa la parole :

— Capitaine, ce n'est pas la solive qui nous ennuie, c'est la porte, qui est toute cousue de barres de fer. Les pinces n'y peuvent rien.

— Que faudrait-il donc pour l'enfoncer ? demanda Clopin.

— Ah ! il nous faudrait un bélier.

Le roi de Thunes courut bravement au formidable madrier et mit le pied dessus.

— En voilà un, cria-t-il ; ce sont les chanoines qui vous l'envoient.

Et faisant un salut dérisoire du côté de l'église :

— Merci, chanoines.

Cette bravade fit bon effet, le charme du madrier était rompu, les truands reprirent courage ; bientôt, la lourde poutre, enlevée comme une plume par deux cents bras vigoureux, vint se jeter avec furie sur la grande porte qu'on avait déjà essayé d'ébranler. Au choc de la poutre, la porte à demi-métallique résonna comme un immense tambour ; elle ne se creva point, mais la cathédrale tout entière tressaillit, et l'on entendit gronder les profondes cavités de l'édifice. Au même instant, une pluie de grosses pierres commença à tomber du haut de la façade sur les assaillants.

— Diable ! cria Jehan, est-ce que les tours nous secouent leurs balustrades sur la tête ?

Le lecteur n'en est sans doute point à deviner que cette résistance inattendue, qui avait exaspéré les truands, venait de Quasimodo.

Le hasard avait par malheur servi le brave sourd. Il s'était souvenu que des maçons avaient travaillé tout le jour à réparer le mur, la charpente et la toiture de la tour méridionale. Ce fut un trait de lumière. Le mur était en pierre, la toiture en plomb, la charpente en bois.

Quasimodo courut à cette tour. Il y trouva un arsenal complet. Avec une force que décuplait le sentiment du danger, il souleva une des poutres, la plus lourde, la plus longue, il la fit sortir par une lucarne, puis la fit glisser sur l'angle de la balustrade et la lâcha sur l'abîme.

Quasimodo vit les truands s'éparpiller à la chute du madrier comme la cendre au souffle d'un enfant. Il profita de leur épouvante, et tandis qu'ils fixaient un regard superstitieux sur la masse tombée du ciel, et qu'ils éborgnaient les saints de pierre du portail avec une décharge de sagette et de chevrotines, Quasimodo entassait silencieusement des gravats, des pierres, des moellons, jusqu'aux sacs d'outils des maçons, sur le rebord de cette balustrade d'où la poutre s'était déjà élancée.

Aussi dès qu'ils se mirent à battre la grande porte, la grêle de moellons commença à tomber et il leur sembla que l'église se démolissait d'elle-même sur leur tête. La pluie de moellons ne suffisait pas à repousser les assaillants.

En ce moment d'angoisse, Quasimodo remarqua, un peu plus bas que la balustrade d'où il écrasait les argotiers, deux longues gouttières de pierre qui se dégorgeaient immédiatement au-dessus de la grande porte. L'orifice interne de ces gouttières aboutissait au pavé de la plate-forme. Une idée lui vint, il courut chercher un fagot dans son bouge de sonneur, posa sur ce fagot bottes de lattes et force rouleaux de plomb, munitions dont il n'avait pas encore usé, et, ayant bien disposé ce bûcher devant le trou des deux gouttières, il y mit le feu avec sa lanterne.

Au moment où les assaillants se groupaient pour un dernier effort autour du bélier, chacun retenant son haleine et roidissant ses muscles, afin de donner toute sa force au coup décisif, un hurlement plus épouvantable encore que celui qui avait éclaté et expiré sous le madrier, s'éleva au milieu d'eux. Deux jets de plomb fondu tombaient du haut de l'édifice au plus épais de la cohue. Cette mer d'hommes venait de s'affaisser sous le métal bouillant qui avait fait, aux deux points où il tombait, deux trous noirs et fumants dans la foule, comme ferait de l'eau chaude dans la neige. On y voyait remuer des mourants à demi calcinés et mugissant de douleur.

La clameur fut déchirante. Les misérables s'enfuirent pêle-mêle, jetant le madrier sur les cadavres, les plus hardis comme les plus timides, et le Parvis fut vide une seconde fois.

Clopin Trouillefou mordait ses gros poings avec rage.

— Impossible d'entrer ! murmurait-il entre ses dents.

— Une vieille église-fée ! grommelait le vieux bohémien Mathias Hungadi Spicali.

— Voyez-vous ce démon qui passe et repasse devant le feu ? s'écriait le duc d'Égypte.

— Pardieu, dit Clopin, c'est le damné sonneur, c'est Quasimodo.

Le bohémien hochait la tête.

— Il n'y a donc pas moyen de forcer cette porte ! s'écria le roi de Thunes en frappant du pied. Faut-il donc s'en aller piteusement comme des laquais de grand-route ? Laisser là notre sœur que ces loups chaperonnés pendront demain !

Mathias Hungadi hocha la tête :

— Nous n'entrerons pas par la porte. Il faut trouver le défaut de l'armure de la vieille fée. Un trou, une fausse poterne, une jointure quelconque.

— Qui en est ? dit Clopin. J'y retourne. À propos, où est donc le petit écolier Jehan, qui était si enferraillé ?

— Il est sans doute mort, répondit quelqu'un. On ne l'entend plus rire.

Le roi de Thunes fronça le sourcil.

— Tant pis ! Il y avait un brave cœur sous cette ferraille. Et maître Pierre Gringoire ?

— Capitaine Clopin, dit Andry le Rouge, il s'est esquivé que nous n'étions encore qu'au Pont aux Changeurs.

Clopin frappa du pied et jura :

— C'est lui qui nous pousse céans et il nous plante là au milieu de la besogne ! Lâche bavard !

— Capitaine Clopin, cria Andry le Rouge, qui regardait dans la rue du Parvis, voilà le petit écolier.

— Loué soit Pluton ! dit Clopin. Mais que diable tire-t-il après lui ?

C'était Jehan, en effet, qui accourait aussi vite que le lui permettaient ses lourds habits de paladin et une longue échelle qu'il traînait bravement sur le pavé.

— Victoire ! criait l'écolier. Voilà l'échelle des déchargeurs du port Saint-Landry.

Clopin s'approcha de lui.

— Enfant ! Que veux-tu faire de cette échelle ?

— Ce que j'en veux faire, auguste roi de Thunes ? Voyez-vous cette rangée de statues qui ont des mines d'imbéciles là-bas au-dessus des trois portails ? Il y a au bout de cette galerie une porte qui n'est jamais fermée qu'au loquet. Avec cette échelle j'y monte et je suis dans l'église.

— Enfant, laisse-moi monter le premier.

— Non pas, camarade, c'est à moi l'échelle.

— Que Belzébuth t'étrangle, dit le bourru Clopin. Je ne veux être après personne.

— Alors, Clopin, cherche une échelle.

Jehan se mit à courir par la place, tirant son échelle et criant : « À moi, les fils ! »

En un instant, l'échelle fut dressée et appuyée à la balustrade de la galerie inférieure, au-dessus d'un des portails latéraux.

Jehan montait lentement, tenant l'échelon d'une main, de l'autre son arbalète. Les truands le suivaient. Il y en avait un sur chaque échelon. À voir s'élever en ondulant dans l'ombre cette ligne de dos cuirassés, on eût dit un serpent à écailles d'acier qui se dressait contre l'église.

L'écolier toucha enfin au balcon de la galerie et l'enjamba assez lestement aux applaudissements de toute la truanderie. Ainsi maître de la citadelle, il poussa un cri de joie, et, tout à coup, s'arrêta, pétrifié. Il venait d'apercevoir, derrière une statue de roi, Quasimodo caché dans les ténèbres, l'œil étincelant.

Avant qu'un second assiégeant eût pu prendre pied sur la galerie, le formidable bossu sauta à la tête de l'échelle, saisit sans dire une parole le bout des deux montants de ses mains puissantes, les souleva, les éloigna du mur, balança un moment, au milieu des clameurs d'angoisse, la longue et pliante échelle encombrée de truands du haut en bas et, subitement, avec une force surhumaine, rejeta cette grappe d'hommes dans la place. L'échelle s'abattit sur le pavé avec sa charge de bandits plus rapidement qu'un pont-levis dont les chaînes se cassent.

Quasimodo impassible, les deux coudes appuyés sur la balustrade, regardait.

Jehan Frollo était, lui, dans une situation critique. Il se trouvait dans la galerie avec le redoutable sonneur, seul, séparé de ses compagnons par un mur vertical de quatre-vingts pieds. Pendant que Quasimodo jouait avec l'échelle, l'écolier avait couru à la poterne qu'il croyait ouverte. Point. Le sourd, en entrant dans la galerie, l'avait fermée derrière lui. Jehan alors s'était caché derrière un roi de pierre, n'osant souffler et fixant sur le monstrueux bossu une mine effarée.

Dans les premiers moments, le sourd ne prit pas garde à Jehan ; mais enfin, il tourna la tête et se redressa tout d'un coup. Il venait d'apercevoir l'écolier. Jehan se prépara à un rude choc, mais le sourd resta immobile ; seulement, il était tourné vers l'écolier qu'il regardait.

— Ho ! ho ! dit Jehan, qu'as-tu à me regarder de cet œil borgne et mélancolique ?

Et en parlant ainsi, le jeune drôle apprêtait sournoisement son arbalète.

— Quasimodo ! cria-t-il, je vais changer ton surnom. On t'appellera l'aveugle.

Le coup partit. Le vireton empenné siffla et vint se ficher dans le bras gauche du bossu. Quasimodo ne s'en émut pas plus que d'une égratignure. Il porta la main à la sagette, l'arracha de son bras et la brisa tranquillement sur son gros genou. Puis il laissa tomber plutôt qu'il ne jeta à terre les deux morceaux. Mais Jehan n'eut pas le temps de tirer une seconde fois. Quasimodo souffla bruyamment, bondit comme une sauterelle et retomba sur l'écolier, dont l'armure s'aplatit du coup contre la muraille.

Alors, dans cette pénombre où flottait la lumière des torches, on entrevit une chose terrible. Quasimodo avait pris de la main gauche les deux bras de Jehan qui ne se débattait pas, tant il se sentait perdu. De la droite le sourd lui détachait l'une après l'autre, en silence, avec une lenteur sinistre, toutes les pièces de son armure, l'épée, les poignards, le casque, la cuirasse, les brassards. On eût dit un singe qui épluche une noix. Quasimodo jetait à ses pieds, morceau à morceau, la coquille de fer de l'écolier.

Quand l'écolier se vit désarmé, déshabillé, faible et nu dans ces redoutables mains, il n'essaya pas de parler à ce sourd, mais il se mit à lui rire effrontément au visage et à chanter... On vit Quasimodo debout sur le parapet de la galerie qui, d'une seule main, tenait l'écolier par les pieds, en le faisant tourner sur l'abîme comme une fronde. Puis on entendit un bruit comme celui d'une boîte osseuse qui éclate contre un mur, et l'on vit tomber quelque chose qui s'arrêta au tiers de la chute à une saillie de l'architecture. C'était un corps mort qui resta accroché là, plié en deux, les reins brisés, le crâne vide.

Un cri d'horreur s'éleva parmi les truands.

— Vengeance ! criait Clopin.

— À sac ! répondit la multitude. Assaut ! assaut !

Alors ce fut un hurlement prodigieux où se mêlaient toutes les langues, tous les patois, tous les accents. La mort du pauvre écolier jeta une ardeur furieuse dans cette foule. La honte la prit et la colère d'avoir été si longtemps tenue en échec devant une église par un bossu. La rage trouva des échelles, multiplia les torches et au bout de quelques minutes Quasimodo éperdu vit cette épouvantable fourmilière monter de toutes parts à l'assaut de Notre-Dame.

Ceux qui n'avaient pas de cordes grimpaient aux reliefs des sculptures. Ils se pendaient aux guenilles les uns des autres. Aucun moyen de résister à cette marée ascendante de faces épouvantables. C'était comme une couche de monstres vivants sur les monstres de pierre de la façade.

Cependant, la place s'était étoilée de mille torches. Cette scène désordonnée, jusqu'alors enfouie dans l'obscurité, s'était subitement embrasée de lumière. Le Parvis resplendissait et jetait un rayonnement dans le ciel. L'énorme silhouette des deux tours développée au loin sur les toits de Paris faisait dans cette clarté une large échancrure d'ombre. La ville semblait s'être émue. Des tocsins éloignés se plaignaient. Les truands hurlaient, haletaient, juraient, montaient et Quasimodo, impuissant contre tant d'ennemis, frissonnant pour l'Égyptienne, voyant les faces furieuses se rapprocher de plus en plus de sa galerie, demandait un miracle au ciel et se tordait les bras de désespoir.

XXIV

PETITE FLAMBE EN BAGUENAUD

GRINGOIRE descendait la rue Saint-Antoine à la vitesse d'un cheval échappé. Arrivé à la porte Baudoyer, il marcha droit à la croix de pierre qui se dressait au milieu de cette place, comme s'il eût pu distinguer, dans l'obscurité, la figure d'un homme vêtu et encapuchonné de noir qui était assis sur les marches de la croix.

— Est-ce vous, maître ? dit Gringoire.

Le personnage noir se leva.

— Mort et passion ! Vous me faites bouillir, Gringoire. L'homme qui est sur la tour de Saint-Gervais vient de crier une heure et demie du matin.

— Oh ! repartit Gringoire, ce n'est pas ma faute, mais celle du guet et du roi. Je viens de l'échapper belle. Je manque toujours d'être pendu. C'est ma prédestination.

— Tu manques tout, dit l'autre. Mais allons vite. As-tu le mot de passe ?

— Je l'ai. Soyez tranquille. *Petite flambe en baguenaud.*

— Bien. Autrement nous ne pourrions pénétrer jusqu'à l'église. Les truands barrent les rues. Heureusement, il paraît qu'ils ont trouvé de la résistance. Nous arriverons peut-être encore à temps.

— Oui, maître. Mais comment entrerons-nous dans Notre-Dame ?

— J'ai la clef des tours.

— Et comment en sortirons-nous ?

— Il y a derrière le cloître une petite porte qui donne sur le Terrain, et, de là, sur l'eau. J'en ai pris la clef et j'y ai amarré un bateau ce matin.

Tous deux descendirent à grands pas vers la Cité.

XXV

L'OISEAU ENVOLÉ

L E lecteur se souvient peut-être de la situation critique où nous avons laissé Quasimodo. Le brave sourd, assailli de toutes parts, avait perdu, sinon tout courage, du moins tout espoir de sauver Esméralda. Car il ne songeait pas à lui, mais à l'Égyptienne. Il courait éperdu sur la galerie. Notre-Dame allait être enlevée par les truands. Tout à coup, un grand galop de chevaux emplit les rues voisines, et avec une longue file de torches et une épaisse colonne de cavaliers abattant lances et brides, ces bruits furieux débouchèrent sur la place comme un ouragan : France ! France ! taillez les manants ! Prévôté ! Prévôté !

C'étaient en effet les troupes du roi qui survenaient. Les truands se défendirent en désespérés. La mêlée fut affreuse.

Les voisins, entendant les cris de guerre des gens du roi, avaient ouvert à nouveau leurs croisées et de tous les étages les balles pleuvaient sur les truands qui enfin, cédèrent et se mirent à fuir, laissant sur le Parvis un encombrement de morts.

Quand Quasimodo, qui n'avait pas cessé un moment de combattre, vit la déroute de ses assaillants, il tomba à deux genoux et leva les mains au ciel ; puis, ivre de joie, il courut, il monta avec la vitesse d'un oiseau à cette cellule dont il avait si intrépidement défendu les approches. Il n'avait plus qu'une pensée maintenant, c'était de s'agenouiller devant celle qu'il venait de sauver une seconde fois.

Lorsqu'il entra dans la cellule, il la trouva vide.

Au moment où les truands avaient assailli l'église, la Esméralda dormait. Bientôt la rumeur toujours croissante autour de l'édifice et le bêlement inquiet de sa chèvre éveillée avant elle l'avaient tirée de ce sommeil. Elle entendit marcher près d'elle. Deux hommes, dont l'un portait une lanterne, venaient d'entrer dans sa cellule. Elle poussa un faible cri.

— Ne craignez rien, dit une voix qui ne lui était pas inconnue, c'est moi.

— Qui vous ? demanda-t-elle.

— Pierre Gringoire.

Ce nom la rassura. Elle releva les yeux et reconnut en effet le poète. Mais il y avait auprès de lui une figure noire et voilée de la tête aux pieds, qui la frappa de silence.

— Qui est là avec vous ? dit l'Égyptienne à voix basse.

— Soyez tranquille, répondit Gringoire. C'est un de mes amis.

Alors le philosophe, posant sa lanterne à terre, s'accroupit sur la dalle, serra Djali dans ses bras, puis s'adressant à la Esméralda :

— Ma chère belle enfant, votre vie est en danger et celle de Djali. On veut vous reprendre. Nous sommes vos amis et nous venons vous sauver. Suivez-nous.

— Est-il vrai ? s'écria-t-elle bouleversée.

— Oui, très vrai. Venez vite !

Gringoire la prit par la main, son compagnon ramassa la lanterne et marcha devant. La peur étourdissait la jeune fille. Elle se laissa emmener.

La chèvre les suivait en sautant, si joyeuse de revoir Gringoire qu'elle le faisait trébucher à tout moment pour lui fourrer ses cornes dans les jambes.

Ils descendirent rapidement l'escalier des tours, traversèrent l'église, pleine de ténèbres et de solitude et toute résonnante de vacarme, ce qui faisait un affreux contraste, et sortirent dans la cour du cloître par la Porte Rouge.

Ils se dirigèrent vers la porte qui donnait de cette tour sur le Terrain, une langue de terre enclose de murs du côté de la Cité. Ils trouvèrent cet enclos parfaitement désert. Là, il y avait déjà moins de tumulte dans l'air. La rumeur de l'assaut des truands leur arrivait plus brouillée et moins criarde.

L'homme à la lanterne marcha droit à la pointe du Terrain. Il y avait là, au bord extrême de l'eau, des débris vermoulus d'une haie de pieux maillée de lattes. Derrière, dans l'ombre que faisait ce treillis, une petite barque était cachée.

Le premier soin de Gringoire en entrant dans le bateau fut de mettre la chèvre sur ses genoux. Il prit place à l'arrière, et la jeune fille, à qui l'inconnu inspirait une inquiétude indéfinissable, vint s'asseoir et se serrer contre le poète.

Le bateau voguait lentement vers la rive droite. La jeune fille observait avec une terreur secrète l'inconnu. Il avait rebouché soigneusement la lumière de sa lanterne sourde. On l'entrevoyait dans l'obscurité, à l'avant du bateau, comme un spectre. Du reste, il n'avait pas encore prononcé une parole, jeté un souffle. Il ne se faisait dans le bateau d'autre bruit que le va-et-vient de la rame mêlé au froissement des mille plis de l'eau le long de la barque.

— À propos, maître, reprit Gringoire subitement, au moment où nous arrivions sur le Parvis à travers ces enragés truands, Votre Révérence a-t-elle remarqué ce pauvre petit diable auquel votre sourd était en train d'écraser la cervelle sur la rampe de la galerie des rois ? J'ai la vue basse et ne l'ai pu reconnaître. Savez-vous qui ce peut être ?

L'inconnu ne répondit rien. Mais il cessa brusquement de ramer, ses bras défaillirent comme brisés, sa tête tomba sur sa poitrine et la Esméralda l'entendit soupirer convulsivement.

La barque, abandonnée à elle-même, dériva quelques instants au gré de l'eau. Mais l'homme noir se redressa enfin, ressaisit les rames et se remit à remonter le courant. Il doubla la pointe de l'île Notre-Dame et se dirigea vers le débarcadère du Port-au-Foin.

— Ohé ! que le bruit redouble là-bas, s'écria Gringoire.

Le tumulte en effet croissait autour de Notre-Dame. Ils écoutèrent. On entendait assez clairement des cris de victoire. Tout à coup, cent flambeaux qui faisaient étinceler des casques d'hommes d'armes se répandirent sur l'église à toutes les hauteurs, sur les tours, sur les galeries, sous les arcs-boutants. Ces flambeaux semblaient chercher quelque chose et bientôt ces clameurs éloignées arrivèrent distinctement jusqu'aux fugitifs : « L'Égyptienne ! La sorcière ! À mort l'Égyptienne ! »

La malheureuse laissa tomber sa tête sur ses mains et l'inconnu se mit à ramer avec furie vers le bord.

Une secousse les avertit que le bateau abordait. Le brouhaha sinistre remplissait toujours la Cité. L'inconnu se leva, vint à l'Égyptienne et voulut lui prendre le bras pour l'aider à descendre. Elle le repoussa et se pendit à la manche de Gringoire, qui, de son côté, occupé de la chèvre, la repoussa presque. Alors elle sauta seule à bas du bateau. Elle était si troublée qu'elle ne savait pas ce qu'elle faisait, où elle allait. Elle demeura ainsi un moment stupéfaite, regardant couler l'eau. Quand elle revint un peu à elle, elle était seule sur le port avec l'inconnu. Il paraît que Gringoire avait profité de l'instant du débarquement pour s'esquiver avec la chèvre dans le pâté de maisons de la rue Grenier-sur-l'Eau.

La pauvre petite frissonna de se voir seule avec cet homme. Elle voulut parler, crier, appeler Gringoire ; sa langue était inerte dans sa bouche et aucun son ne sortit de ses lèvres. Tout à coup, elle sentit la main de l'inconnu sur la sienne. C'était une main froide et forte. Ses dents claquèrent, elle devint plus pâle que le rayon de lune qui l'éclairait. L'homme ne dit pas une parole. Il se mit à remonter à grands pas vers la place de Grève, en la tenant par la main. Elle n'avait plus de ressort, elle se laissa entraîner, courant tandis qu'il marchait.

De temps en temps elle recueillait un peu de

force et disait d'une voix entrecoupée par les cahots du pavé et l'essoufflement de la course :

— Qui êtes-vous ? qui êtes-vous ?

Il ne répondait point.

Ils arrivèrent ainsi, toujours le long du quai, à une place assez grande. Il y avait un peu de lune. C'était la Grève. On distinguait au milieu une espèce de croix noire debout. C'était le gibet. Elle reconnut tout cela et vit où elle était.

L'homme s'arrêta, se tourna vers elle et leva sa carapoue.

— Oh ! bégaya-t-elle pétrifiée, je savais bien que c'était encore lui.

C'était le prêtre. Il avait l'air de son fantôme. C'est un effet du clair de lune. Il semble qu'à cette lumière on ne voie que les spectres des choses.

— Écoutez ! lui dit-il, et elle frémit au son de cette voix funeste qu'elle n'avait pas entendue depuis longtemps. Ceci est la Grève. Vous savez ce que cela signifie... Je désire vous sauver...

Allait-elle le croire ? Après tout, cet homme avait aidé à son évasion... Mais n'était-ce pas pour la tromper mieux ? Gringoire le traitait en ami. Mais Gringoire n'était plus là !

— Laissez-moi ! Je vous hais ! Vous êtes un assassin !

Elle tomba, quasi inanimée, au pied même du gibet en embrassant cet appui funèbre dans l'attitude d'une vierge au pied de la croix.

Le prêtre tressaillit profondément. *Assassin,* avait-elle dit ? Ah ! ne méritait-il pas cet opprobre ?

Il reprit, se parlant à lui-même :

— Caïn, qu'as-tu fait de ton frère ?...

Sans lui, sans ses machinations infernales, il eût vécu ; ce jeune enfant, insouciant, charmant et fol, dont la tête bouclée s'était écrasée sur la pierre de la maison de Dieu ?

Des sanglots lui montèrent à la gorge et ses joues se mouillèrent de pleurs.

Son petit Jehan ! Mort à cause de lui !

— Je l'ai aimé, je l'ai idolâtré et je l'ai tué ! Il est mort à cause de moi et à cause de cette femme, à cause d'elle...

Une fois encore il tenta de convaincre la révoltée, une fois encore il répéta :

— Je peux vous sauver... Moi seul... Venez !

Elle répondit avec force :

— Non !

— Meurs donc, dit-il, rendu à toute sa scélératesse.

Le soleil se levait.

Il n'y avait personne aux fenêtres. On voyait seulement de loin, au sommet de celle des tours de Notre-Dame qui domine la Grève, deux hommes, détachés en noir sur le ciel clair du matin, qui semblaient regarder.

Le bourreau s'arrêta au pied de la fatale échelle et, respirant à peine tant la chose l'apitoyait, il passa la corde autour du cou adorable de la jeune fille. La malheureuse enfant sentit l'horrible attouchement du chanvre. Alors elle se secoua et cria d'une voix haute et déchirante !

— Non ! non, je ne veux pas !

XXVI

DU HAUT DES TOURS

Q UAND Quasimodo vit que la cellule était
vide, que l'Égyptienne n'y était plus, que
pendant qu'il la défendait on l'avait enlevée, il
prit ses cheveux à deux mains et trépigna de surprise et de douleur. Puis il se mit à courir par
toute l'église, cherchant sa bohémienne, hurlant
des cris étranges à tous les coins de mur, semant
ses cheveux rouges sur le pavé. C'était précisément le moment où les archers du roi entraient
victorieux dans Notre-Dame, cherchant aussi
l'Égyptienne. Quasimodo les y aida, sans se douter, le pauvre sourd, de leurs fatales intentions ;
il croyait que les ennemis de l'Égyptienne
c'étaient les truands. Si la malheureuse y eût été
encore, c'est lui qui l'eût livrée. Quasimodo continua de chercher tout seul. Il repassa par les
mêmes lieux, la tête basse, sans voix, sans larmes, presque sans souffle. Quand, au détour de
la galerie qui donne sur le toit des bas-côtés, il
aperçut l'étroite logette avec sa petite fenêtre et

sa petite porte, tapie sous un grand arc-boutant comme un nid d'oiseau sous une branche, le cœur lui manqua, et il s'appuya contre un pilier pour ne pas tomber.

Enfin il rassembla son courage, il avança sur la pointe des pieds, il regarda, il entra. Vide ! la cellule était toujours vide. Tout à coup il écrasa furieusement sa torche du pied, et, sans une parole, sans pousser un soupir, il se précipita de toute sa course la tête contre le mur et tomba évanoui sur le pavé.

Il paraît que ce fut alors que, cherchant au fond de sa rêverie désolée quel pouvait être le ravisseur inattendu de l'Égyptienne, il songea à l'archidiacre. Il se souvint que dom Claude avait seul une clef de l'escalier qui menait à la cellule. Il se rappela mille détails et ne douta bientôt plus que l'archidiacre n'eût enlevé l'Égyptienne pour la livrer à ses ennemis. Au moment où sa pensée se fixait ainsi sur le prêtre, comme l'aube blanchissait les arcs-boutants, il vit, à l'étage supérieur de Notre-Dame, au coude que fait la balustrade extérieure qui tourne autour de l'abside, une figure qui marchait. Cette figure venait de son côté. Il la reconnut. C'était l'archidiacre. Claude Frollo allait d'un pas grave et lent. Il ne regardait pas devant lui en marchant, il se dirigeait vers la tour septentrionale, mais son visage était tourné de côté vers la rive droite de la Seine. Quasimodo se leva et suivit l'archidiacre.

Quasimodo, s'avançant à pas de loup derrière lui, alla voir ce qu'il regardait ainsi. L'attention du prêtre était tellement absorbée ailleurs qu'il n'entendit point le sourd marcher près de lui.

Le bûcher allumé par Quasimodo entre les tours s'était éteint. On avait déjà déblayé la place et fait jeter les morts à la Seine.

Au-dessus des tours, en haut, bien loin au fond du ciel, on entendait de petits cris d'oiseaux.

Mais le prêtre n'écoutait, ne regardait rien de tout cela. Il était de ces hommes pour lesquels il n'y a pas de matins, pas d'oiseaux, pas de fleurs. Dans cet immense horizon qui prenait tant d'aspects autour de lui, sa contemplation était concentrée sur un point unique.

Quasimodo brûlait de lui demander ce qu'il avait fait de l'Égyptienne. Mais l'archidiacre semblait en ce moment être hors du monde.

Ce silence et cette immobilité avaient quelque chose de si redoutable que le sauvage sonneur frémissait devant et n'osait s'y heurter. Seulement, et c'était encore une manière d'interroger l'archidiacre, il suivit la direction de son regard visuel et, de cette façon, le regard du malheureux sourd tomba sur la place de Grève.

Il vit ce que le prêtre regardait. L'échelle était dressée près du gibet permanent. Il y avait quelque peuple dans la place et beaucoup de soldats. Un homme traînait sur le pavé une chose blanche à laquelle une chose noire était accrochée.

Cet homme s'écarta au pied du gibet. Puis il se mit à monter l'échelle. Alors Quasimodo le vit distinctement. Il portait une femme sur son épaule, une jeune fille vêtue de blanc, cette jeune fille avait un nœud au cou. Quasimodo la reconnut. C'était elle !

L'homme parvint ainsi au haut de l'échelle. Là, il arrangea le nœud. Ici, le prêtre, pour mieux voir, se mit à genoux sur la balustrade.

La corde fit plusieurs tours sur elle-même et Quasimodo vit courir d'horribles convulsions le long du corps de l'Égyptienne. Le prêtre, de son côté, le cou tendu, l'œil hors de la tête, contemplait ce groupe épouvantable de l'homme et de la jeune fille.

Au moment le plus effroyable, un rire de démon, un rire qu'on ne peut avoir que lorsqu'on n'est plus un homme, éclata sur le visage livide du prêtre. Quasimodo n'entendit pas ce rire, mais il le vit. Le sonneur recula de quelques pas et, tout à coup, se ruant sur l'archidiacre avec fureur, de ses deux grosses mains il le poussa par le dos dans l'abîme sur lequel dom Claude s'était penché. Le prêtre cria :

— Damnation ! et tomba.

La gouttière au-dessus de laquelle il se trouvait l'arrêta dans sa chute. Il s'y accrocha avec des mains désespérées et, au moment où il ouvrit la bouche pour jeter un second cri, il vit passer au rebord de la balustrade, au-dessus de sa tête, la figure formidable et vengeresse de Quasimodo. Alors il se tut.

L'abîme était au-dessous de lui. Une chute de plus de deux cents pieds et le pavé.

Quasimodo n'eût eu, pour le tirer du gouffre,

qu'à lui tendre la main, mais il ne le regardait seulement pas. Il regardait l'Égyptienne. Le sourd s'était accoudé sur la balustrade à la place où était l'archidiacre le moment d'auparavant et là, ne détachant pas son regard du seul objet qu'il y eût pour lui au monde en ce moment, il était immobile et muet comme un homme foudroyé, et un long ruisseau de pleurs coulait en silence de cet œil qui, jusqu'alors, n'avait encore versé qu'une seule larme.

Cependant, l'archidiacre haletait. Son front chauve ruisselait de sueur, ses ongles saignaient sur la pierre, ses genoux s'écorchaient au mur.

C'était quelque chose d'effrayant que le silence de ces deux hommes. Tandis que l'archidiacre à quelques pieds de lui agonisait de cette horrible façon, Quasimodo pleurait et regardait la Grève.

Le prêtre, voyant le fragile point d'appui qui lui restait, avait pris le parti de ne plus remuer. Il était là, embrassant la gouttière, respirant à peine, ne bougeant plus, n'ayant plus d'autres mouvements que cette convulsion machinale du ventre qu'on éprouve dans les rêves quand on croit se sentir tomber. Il regardait l'une après l'autre les impassibles sculptures de la tour, comme lui suspendues sur le précipice, mais sans terreur pour elles ni pitié pour lui. Tout était de pierre autour de lui ; devant ses yeux, les monstres béants ; au-dessous, tout au fond, dans la place, le pavé ; au-dessus de sa tête, Quasimodo qui pleurait.

Il y avait dans le Parvis quelques groupes de braves curieux qui cherchaient tranquillement à deviner quel pouvait être le fou qui s'amusait d'une si étrange manière. Le prêtre leur entendait dire, car leur voix arrivait jusqu'à lui, claire et grêle :

— Mais il va se rompre le cou !

Quasimodo pleurait.

Enfin l'archidiacre, écumant de rage et d'épouvante, comprit que tout était inutile. Il rassembla pourtant tout ce qui lui restait de force pour un dernier effort. Il se roidit sur la gouttière, repoussa le mur de ses deux genoux, s'accrocha des mains à une fente des pierres, et parvint à regrimper d'un pied peut-être ; mais cette commotion fit ployer brusquement le bec de plomb sur lequel il s'appuyait. Du même coup sa soutane s'éventra. Alors, sentant tout manquer sous lui, l'infortuné ferma les yeux et lâcha la gouttière.

Quasimodo le regarda tomber.

L'archidiacre, lancé dans l'espace, tomba d'abord la tête en bas et les deux mains étendues, puis il fit plusieurs tours sur lui-même. Le vent le poussa sur le toit d'une maison où le malheureux commença à se briser. Il glissa rapidement sur le toit comme une tuile qui se détache et alla rebondir sur le pavé. Là il ne remua plus.

Quasimodo, alors, releva son œil sur l'Égyptienne dont il voyait le corps suspendu au gibet, frémir au loin sous sa robe blanche des derniers tressaillements de l'agonie, puis il le rabaissa sur l'archidiacre étendu au bas de la tour et n'ayant plus forme humaine, et il dit avec un sanglot, qui souleva sa profonde poitrine :

— Oh ! tout ce que j'ai aimé.

XXVII

UNE FIN

VERS le soir de cette journée, quand les officiers judiciaires de l'évêque vinrent relever sur le pavé du Parvis le cadavre disloqué de l'archidiacre, Quasimodo avait disparu de Notre-Dame.

Il courut beaucoup de bruits sur cette aventure. On ne douta pas que le jour ne fût venu où, d'après leur pacte, Quasimodo, c'est-à-dire le diable, devait emporter Claude Frollo, c'est-à-dire le sorcier. On présuma qu'il avait brisé le corps en prenant l'âme, comme les singes qui cassent la coquille pour manger la noix.

C'est pourquoi l'archidiacre ne fut pas inhumé en terre sainte.

Quant à Pierre Gringoire, il parvint à sauver la chèvre et il obtint des succès en tragédie. Il paraît qu'après avoir goûté de la philosophie, de l'architecture, de l'hermétique, de toutes les folies, il revint à la tragédie, qui est la plus folle de toutes. C'est ce qu'il appelait avoir fait une fin tragique.

Quant à Phœbus de Châteaupers, il épousa en grande pompe sa belle cousine Fleur-de-Lys de Gondelaurier. On dit qu'ils furent heureux. D'aucuns cependant prétendirent que l'humeur du fringant officier s'était modifiée. On le voyait souvent grave et pensif.

TABLE DES MATIÈRES